EN LETTRES D'ANCRE

NATASHA BROWN

ASSEMBLAGE

roman

Traduit de l'anglais
par Jakuta Alikavazovic

BERNARD GRASSET
PARIS

L'édition originale de ce texte a été publiée
par Hamish Hamilton Ltd en 2021, sous le titre :

ASSEMBLY

Design jaquette : Richard Bravery. Photo © Gettyimages

ISBN 978-2-246-82823-5

Ceci non plus n'a aucun sens,
une course après le vent.

Tout va bien

Faut que tu arrêtes, dit-elle.
Arrêter quoi, on fait rien. Elle a eu envie de le reprendre. Il n'y avait pas de « on ». Il y avait lui le sujet et elle l'objet, mais lui, il a dit écoute, pas la peine de t'énerver pour rien.

•

Souvent elle s'installait dans le dernier cabinet, dans les toilettes des femmes, et elle fixait la porte. Parfois elle restait là, comme ça, durant toute la pause déjeuner, elle attendait de chier ou de pleurer ou de trouver la force de retourner à son poste.

Il la voyait, à son poste, depuis son bureau à lui, et il l'appelait régulièrement pour commenter ce qu'il voyait (et ce que ça lui évoquait) : ses cheveux (indomptables), sa peau (exotique), son chemisier (qui les contenait à peine, ses seins).

Au téléphone, il lui ordonnait de petites choses. Ce qui l'humiliait davantage que les choses plus importantes qui finissaient par suivre. Malgré tout, elle brandissait l'agrafeuse comme il lui avait dit de le faire. Descendait son verre d'eau d'une traite. Crachait son chewing-gum dans sa main.

•

Elle était sortie déjeuner avec ses collègues. Six hommes d'âges, de corpulences et de tempéraments variés. Ils avaient commandé quatre nigiris de bœuf et, durant le repas, évoquèrent de temps en temps la situation dans laquelle elle se trouvait, par de vagues allusions et des remarques accusatrices.

L'un des plus âgés, un gros, collier de barbe grisonnante encadrant ses fines lèvres roses, posa sa fourchette pour s'exprimer franco. Il commença lentement : il savait qu'elle n'était pas du genre à en profiter. Il le savait, oui, il le savait. Voilà, il s'interrompit pour ménager son effet et savourer l'excitation que ça lui causait, de lui dire ses quatre vérités, à la fille. Mais – mais quand même, elle devait bien l'admettre, qu'elle avait un avantage sur lui et sur les autres, à cette table. Elle pouvait quand même l'admettre, ça, pas vrai.

Un grand sourire, il ouvrit grand les bras et se radossa à son siège. Les cinq autres la dévisageaient, certains opinant du chef. Il reprit sa fourchette, engouffra de la viande crue dans sa bouche.

•

Son bureau était vitré sur trois côtés. Des postes de travail en enfilade à droite comme à gauche, une vue panoramique pour les spectateurs. Elle, sur le devant de la scène. Lui, assis, qui lui parlait avec grande animation.

Il espérait qu'elle ferait preuve de maturité, dit-il, et de reconnaissance. Il se levait de sa chaise, marchait vers elle, la frôlait, même si le bureau, spacieux, lui laissait bien assez de place. Elle ferait mieux de se concentrer sur l'essentiel, son avenir, le poids qu'avait sa parole, ici. Tout ceci, il le dit en ouvrant la porte.

•

Ce n'était rien. C'est ce qu'elle pensa alors, comme elle le pensait tous les matins. Elle boutonna son chemisier et le pensa, puis enfonça de petits clous d'oreille dans ses lobes. Elle le pensa en remontant ses cheveux en un chignon bien net, le visage nu, et en lissant sa jupe crayon grise, au tissu empesé.

Elle le pensa en mangeant, alors qu'elle oubliait de goûter la nourriture ou d'avaler.

Elle essaya de mâcher. Ce n'était rien. Elle aboya que ça allait, puis se radoucit, embrassa le salon du regard. Demanda à sa mère comment sa journée s'était passée.

•

Un dîner, en sortant du bureau, qu'elle avait accepté. Devant le restaurant, avant d'entrer, il l'attrapa par les épaules et colla sa bouche ouverte sur son visage.

Elle regarda ses paupières tressaillir, se fermer, alors que sa langue, lente, poussait, cherchait la sienne. Elle se représenta son propre corps, membres pliés, rangé dans une caisse. Il recula d'un pas, sourit, lâcha un petit rire, baissa les yeux sur elle. Lui toucha le bras, puis les doigts, puis le visage. Tout va bien, lui dit-il. Tout va bien, tout va bien.

Comment c'est

Non, mais à la base. Tes parents, ils viennent d'où. D'Afrique, non ?

Le truc, c'est que je suis ici depuis cinq ans. Ma femme – sept, huit. On travaille, on paie nos impôts. C'est l'Angleterre qu'on soutient pendant la Coupe du monde ! Donc quand le gouvernement nous a dit qu'il fallait nous enregistrer, nous a dit de télécharger cette appli et de payer pour nous enregistrer, ça nous a fait mal. C'est chez nous, ici. On s'est plus sentis les bienvenus. C'est comme si on te disait à toi : Retourne en Afrique. Imagine, si on te disait : Non non, t'es pas une vraie British, retourne en Afrique. Voilà comment c'est.

Je veux dire, c'est – enfin bon, tu sais. Bien sûr que tu comprends. Tu peux comprendre tout ça d'une façon qui échappe aux Anglais.

Après le digestif, il se lâche

Elle comprenait la colère d'un homme qui lui-même comprenait, sentait dans sa chair, dans ses os, dans son sang et dans sa peau qu'il était fait pour diriger un géant, immense, imposant, sur lequel le soleil jamais ne se couchait. Parce qu'il faisait nuit, à présent, et qu'il était bourré. Il se sentait tout petit, juste une bouche, peut-être. Une lèvre ou une dent ou une papille enflammée sur une langue blanche et sèche, luisante de phlegme vers le fond, près de la gorge. La gorge d'un homme à la bedaine pendante, à la chevelure dégarnie coupée ras. Donc, quand cette bouche s'ouvrit pour lui cracher son vitriol au visage, mettant certains des convives un peu mal à l'aise, elle comprit la source de sa colère, même si elle en était la cible. Elle attendit que son téléphone vibrât pour prendre congé et – dans l'intervalle – calmement, poliment, elle le comprit.

ASSEMBLAGE

C'est une histoire. Avec des défis. Avec du labeur, de l'huile de coude, des manches retroussées, une peine qu'on ne ménage pas. On se hisse. On surmonte, on transcende, et cetera. Vous connaissez la chanson. Ce n'est pas ma vie, mais elle est projetée, illuminée, dans mon dos où elle fait deux mètres de haut et moi, je l'insuffle aux visages tendres, malléables, penchés vers l'avant, au-dessus des épaules en uniforme scolaire. Je récite ma vieille rengaine comme autant de secrets tout neufs. Image suivante. Des faces immenses, diverses, souriantes désignent des graphiques, échangent des poignées de main et des saluts derrière moi. Le projecteur ronronne et leurs sourires se transforment pour devenir le logo rugissant de la banque. Temps de conclure. Je balaie du regard les rangées d'écolières. Je les remercie de leur attention avant de prendre quelques questions.

L'une d'elles demande si je vis dans un château.

Quel succès, me dit la coordinatrice du programme et la principale opine, sous sa coupe au bol frisottée, grisonnante. Ses lèvres tendues s'écartent, révélant des dents jaunies par le café. Nous descendons par le petit escalier de derrière et je suffoque, c'est l'air chaud, et cette odeur scolaire de légumes bouillis. La principale me remercie d'être venue, elle dit que les filles ont puisé dans mes propos une vraie inspiration. Des cris, des rires, et un brouhaha sonore, mélodieux, résonnent autour de nous tandis que les élèves quittent la grande salle, se déversent dans les couloirs bétonnés. Une vraie inspiration, vraiment, dit-elle.

Au bureau, quand je rentre, Lou n'est pas encore là. Il débarque rarement avant onze heures. Comme si, chaque matin, une médiocrité toute fraîche s'arrachait à l'océan, se traînant sur les rochers mousseux, le sable, puis se laissait pousser des appendices qui moulinent et s'étirent, se transforment et se tordent pour devenir des membres durant cette progression sur la terre ferme, jusqu'à ce qu'enfin, pleinement formé, *Lou !* débarque dans le hall sur ses deux pieds plats dans ses souliers lustrés. Brillant, trépignant, attendant l'ascenseur qui rallie notre étage. Opinant du chef, écouteurs Beats glissés dans les oreilles. Lui ne s'est jamais laissé embringuer dans tout ça. Je donne ces conférences – lycées et universités, tables rondes féminines et salons de recrutement – toutes les quelques semaines. Ça va avec mon poste. La diversité doit être vue. À combien de femmes, à combien de filles ai-je menti ? Combien ont vu mon visage souriant louer telle ou telle entreprise, ou cette industrie-ci, ou cette université-là, cette vie ? Pareilles questions n'ont rien de constructif. Je dois rattraper les heures perdues de la matinée.

Une grande partie de mon enfance, j'ai vécu à côté d'un cimetière. Par les fenêtres de devant, je regardais les processions funéraires qui serpentaient dans la rue : chevaux noirs suivis de corbillards noirs suivis de voitures normales de diverses couleurs. Parfois un homme menait la marche en haut-de-forme, canne à la main. Puis les gens : ils sortaient des voitures et des corbillards et se rassemblaient, portant des couronnes, portant des chapeaux. Portant des cercueils, aussi, j'imagine. Ça, je ne me souviens pas l'avoir vu. Ils se rassemblaient près des monticules de terre fraîchement creusée et attendaient, couronnes bien empilées à leur côté, ou bien ils faisaient le pied de grue, des fleurs dans les bras. Ou dans les bras les uns des autres. De petites créatures lointaines, qui se blottissaient en quête de réconfort. Je regardais d'en haut.

L'an dernier, j'ai acheté le dernier étage d'un immeuble de style géorgien, dans un quartier qui monte. Les deux autres appartements sont loués par des couples plutôt jeunes, angoissés. Une dispute tendue sur la question du volume sonore s'envenime chaque soir entre eux.

Les invraisemblablement nommés Adam et Evie sont au rez-de-chaussée. Quand nous nous sommes croisées dans la cage d'escalier, Evie s'est présentée en premier comme la petite amie d'Adam. Elle a écarté les fins cheveux blonds de son front et m'a dit qu'elle travaillait dans l'édition. Quand la musique est trop forte, elle frappe à la porte du dessus et les implore de *s'il vous plaît, baisser*. Juste un *chouïa*. Les éclats de son exaspération en cristal taillé montent jusqu'à mon étage.

L'autre couple est maussade, reclus. Le verbe rare, même si j'ai entendu leurs barissements enthousiastes sur fond de rock des années 1990. Elles sont jolies toutes les deux ; des brunettes aux traits fins, aux petits pieds. Deux paires de minuscules chaussures de foot boueuses sèchent devant leur porte d'entrée tous les jeudis matin.

Les rythmes familiers de nos vies empilées sont devenus une forme de proximité.

Au travail, je pense à cet appartement comme les parents se languissent des bouilles souriantes de leurs enfants, encadrées et exposées parmi les papiers et les tasses, sur leur bureau. Mon amie Rach – petite, gâtée, énergique – fait peu de cas de son logement, dans une banlieue verdoyante, à l'ouest de Londres. Elle dit qu'elle veut une maison plus grande, un meilleur petit ami, plus d'argent ! Toutes ces choses, elle les veut sans honte ni subtilité, et je suis à la fois apeurée par son appétit et admirative. Le mien a disparu. J'ai sombré trop profond, entraînée plus profondément encore par une tension larvée, tortueuse, entravant mes membres. Malgré tout, je retiens mon souffle.

Qu'y a-t-il d'autre ?

Des générations de sacrifice ; un dur labeur, des vies plus dures encore. Tant de souffrance, tant de privations, tant – pour cette opportunité. Pour ma vie à moi. Et j'ai essayé, j'ai essayé d'être à la hauteur. Mais après des années de lutte, à batailler contre le courant, je suis prête à baisser les bras. À ne plus me débattre. À inspirer l'eau. Je suis épuisée. Peut-être qu'il est temps de la finir, cette histoire.

Ah – voilà Lou.

Conversations

Hier, en patientant, installée dans la salle d'attente baignée de lumière du cabinet privé d'oncologie, sur Harley Street, où je venais pour la troisième fois, j'ai éprouvé un détachement – je ne l'ai pas imaginé ; non, c'était un phénomène tangible, physique. Quelque chose d'arraché, à l'intérieur. Mon moi, dégagé de toute expérience.

Ça me plaisait bien, d'y aller. Les réceptionnistes – jeunes, jolies, interchangeables – étaient polies, toujours. Et m'accueillaient comme au spa. Les fleurs ce jour-là étaient d'énormes lys aux pétales béants, aux tiges épaisses. Les étamines, après ablation clinique, avaient laissé des taches de pollen rouge sur les pétales blancs. On ne pouvait pas ne-pas-voir

O'Keeffe. Nous étions deux à attendre. Avec le confort pour ne-pas-stresser d'un créneau bloqué sur Outlook où tout se déroulait comme prévu. D'une ottomane en laine tuftée, près de la fenêtre, j'observais la rue en contrebas.

Ma mère n'arrêtait pas, au téléphone, de me parler de gens qui venaient de mourir. Me rappelant Untel et Unetelle. Oh, je la connaissais, bien sûr – tu te souviens, elle passait avec sa nièce (gentille petite, vous étiez amies). Oui, oui, je vois. Eh bien, elle est morte la semaine dernière. N'est-ce pas ? C'est terrible.

Je ne savais pas avec certitude pourquoi cette manie conversationnelle m'ennuyait tant. Ce n'était pas médisant, ce n'était pas méchant. En fait, ces rapports fréquents semblaient motivés par une perte passée sous silence. Une preuve approfondie du fait que *nous*, quelle que soit la nature de ce qui nous réunissait au sein de cette première personne du pluriel, ne survivions pas. J'ai décidé que ma doléance était avant tout formelle, portant sur la structure, mise en place et chute, qu'elle employait ; me poussant à me remémorer, invoquant les souvenirs qu'on pouvait avoir d'une personne, de sa vie, avant d'en révéler la mort. Cela faisait comme un haut-le-cœur de montagnes russes dans mon plexus solaire. Mâtiné d'une torpeur coupable comme j'étudiais l'esthétique luxueuse, absurde, du prestataire santé de ma boîte. Les examens de dépistage, les tests préventifs et le suivi rapide qui maintenait en vie. Je savais que nous, les enfants restants, allions devoir faire avec des liens affaiblis. Aucun autre pays commun, aucune autre culture commune ne nous reliait, sinon l'identité britannique (que nous ne pouvions revendiquer que de façon composite, ou entre parenthèses, du fait des origines de ceux dont nos mères détaillaient les décès au téléphone). C'était une survie uniquement au sens où un mème survit. Une persistance générationnelle, dépourvue de signification comme de mémoire.

J'avais dit à mon petit ami que ça allait. Que j'allais bien. Il n'avait pas besoin de m'accompagner. Malgré tout, il avait insisté pour au moins me retrouver quelque part après le bureau, aller boire un verre. Une sortie, pour me remonter le moral. Bien. La soirée était plutôt agréable, trop chaude pour septembre. On a bu de la bière sur l'herbe devant le vieux pub près de la gare de Blackfriars. Et tout, lui ai-je dit, allait bien. Fausse alerte. De faux mots qui pouvaient sonner vrai. Il a été facile à convaincre, habitué qu'il était aux happy ends et aux dénouements indolores. Pas de quoi s'inquiéter, on a entrechoqué le goulot de nos bouteilles.

« Je sais que j'ai été distant, dit-il, pas vraiment moi-même. »

J'ai regardé mes jambes, qui brillaient, brunes, dans le soleil du soir. Du sujet des biopsies, des consultations et des déclarations de soulagement nous étions passés à son travail ; toutes ces grandes choses, importantes, qui le liaient de façon périphérique au gouvernement.

« Je crois que je n'ai pas été de très bonne compagnie, ces derniers temps », a-t-il dit.

Le week-end précédent, il avait dormi la tête collée à ma poitrine, roulé en boule comme un fœtus. Le lundi matin, il m'avait serrée si fort dans ses bras que j'étais restée un peu plus longtemps au lit, à lui caresser les cheveux. Jusqu'au moment où j'avais dû partir au boulot.

« Parfois, c'est juste que je... » Il s'est interrompu pour gratter l'étiquette de sa bière. Elle était humide, ramollie par la condensation, et il en arrachait de petits bouts, les roulait entre le pouce et l'index et projetait les boulettes collantes dans l'herbe. Quand on avait commencé à sortir ensemble, il proclamait son nom devant les maîtres d'hôtel, avec une exubérance retentissante. Je me demandais si ce sentiment de soi avait été arraché peu à peu, ou si son « moi » n'était qu'un smoking qu'il enfilait puis enlevait. Tête renversée en arrière, il buvait à grands traits. Sa pomme d'Adam montait et descendait à chaque goulée et j'imaginais la bière fraîche couler dans sa gorge, le long de son torse, atterrir en clapotant dans son estomac.

On s'est rencontrés à la fac, aimait-il à dire. Même si je le connaissais à peine à l'époque.

Il était déjà en troisième année quand je me suis inscrite. Je ne me souvenais pas lui avoir jamais parlé, bien que son visage et son nom me fussent familiers car il était au bureau des étudiants. Non, il ne m'a remarquée que des années plus tard, à des événements qui se produisaient de temps à autre à l'intersection de nos cercles sociaux, qui se recoupaient çà et là. Mon capital social avait augmenté – de façon exponentielle, illimitée – depuis mes années universitaires. L'argent, cette somme pourtant relativement modeste que j'avais amassée, m'avait transformée. Mon style, mes maniérismes, mon jargon de la City légèrement affecté, tout l'intriguait. Il voyait la personne que j'étais en train de construire. Et il a flairé l'occasion. Il avait lu des choses sur la transformation de Warren Wilhelm Jr. en Bill de Blasio.

Exprès-par-accident, il m'est rentré dedans lors d'un barbecue sur le toit d'un entrepôt reconverti de Stepney. Surjouant son charme à la Hugh Grant tandis qu'on sirotait du Pimm's tiède, fruité, dans des pots de confiture Mason. Le quartier de Canary Wharf étincelait douloureusement, magnifique, dans son dos. Il m'avait semblé qu'il en faisait trop, ce jour-là, comme s'il se caricaturait lui-même. Mais durant les mois et les années qui ont suivi, je me suis mise à apprécier la nature élastique de sa personnalité. Je le voyais chahuter avec ses amis proches. Débattre de grandes idées à coups de mots plus grands encore, avec un sens brutal de l'humour collectif. Ils se moquaient les uns des autres sans pitié, puis s'esclaffaient : pliés en deux, à se taper le genou, dans une démonstration quasi parodique d'hilarité. Après quoi, à l'arrière d'un taxi, il saluait le chauffeur en l'appelant par son prénom et alternait entre banalités et sujets plus profonds avec doigté, réussissant à lui soutirer l'histoire de sa vie. Les questions qu'il posait pour relancer la conversation étaient pleines de délicatesse et jamais il n'interrompait son interlocuteur. Il était poli, certes, mais jamais collet monté. Il atténuait son accent de la haute. Disait, « Bonne soirée, mec » avec sincérité, et ponctuait la chose d'une poignée des deux mains avant de quitter le véhicule.

« On est bien, là », finit-il par dire, souriant presque. Et on l'était. Le lendemain semblait s'éloigner. Même si le week-end prévu chez ses parents ne se laissait pas oublier ; leur anniversaire de mariage, dans le domaine familial, à la campagne. Ce à quoi j'aurais dû réagir avec désinvolture, ou du moins une douce excitation, se concrétisait plutôt en un fait brut, inévitable. J'ai hoché la tête, et il s'est tourné vers la file de voitures, au croisement.

« J'ai – je veux dire mon ex. » Il s'est interrompu ; a repris. « Mon ex m'envoie des textos. Elle a pris un chiot. »

Un chiot ? ai-je répété, tournant les syllabes dans ma bouche. Son ex serait à l'anniversaire de mariage, elle aussi, je le savais. C'était une amie d'enfance, elle faisait pour ainsi dire partie de la famille, comme l'avait dit sa mère. Ils avaient grandi ensemble, à gambader dans la campagne anglaise tels les jeunes héros du *Jardin secret*. À le voir là, accroupi sur la pelouse, avec ses prunelles humides et ses joues contractées – l'incarnation approximative du stoïcisme –, j'ai éprouvé de la curiosité, je voulais savoir.

« Oublie ça, dit-il. Je n'aurais pas dû parler du chiot. »

Nos deuxièmes bières étaient vides. Le brouhaha en bruit de fond avait enflé au point de devenir une basse constante, rarement dissonnante, donnant quelque chose comme rhubarbe rhubarbe rhubarbe. J'ai demandé à voir le chiot – s'il avait une photo. Il a posé sa bouteille et m'a dévisagée un instant.

« Oublie le chiot », dit-il.

On a pris la District Line pour rentrer à Putney. Le soleil déclinant couvait sous les toits et les cheminées tandis que nous remontions des rues calmes pour arriver chez lui. En lisant avant de se coucher, il m'a lancé un sourire de côté par-dessus sa liseuse. Plus tard, une fois qu'il se fut endormi, j'ai observé son torse qui montait, descendait. Entendu ses ronflements occasionnels, sifflants. Il avait rejeté les draps et, allongé sur le dos, sa pose était celle d'un chérubin : pied gauche sur le genou droit, bras droit encadrant la tête, doigts entrouverts sur l'oreiller. Bite rose reposant contre sa cuisse. La gravité lissait son front, ses joues, et j'ai reconnu la tête enfantine, boudeuse, qu'il avait sur son permis de conduire.

Est-ce que je préférais ça à dormir seule ?

Les vies de mes voisins étaient profondément liées à celles de leurs partenaires. Ils s'étaient détachés de leurs parents pour se fixer l'un à l'autre, partageant les factures, la nourriture, le loyer. Je ne les imaginais pas se séparer facilement. Nous, nous n'avions pas ce genre d'obligations. Mais nous visitions quand même des galeries et des musées, nous allions à des fêtes, nous en donnions, nous voyagions, nous cuisinions – ensemble. Nous disions *nous*. Cela semblait un aspect nécessaire de l'existence, comme le travail. Ou le sport.

« C'est le principe, m'avait dit Rach, plus tôt dans la journée. Nique le sexisme – faut en profiter ! »

Rach n'en démordait pas, sa liaison avec l'un des dirigeants de la boîte était en fait un acte souverain : il s'agissait de s'approprier et de subvertir le grand récit du harcèlement au travail. Ça devenait sérieux entre eux. Ils passaient d'une praxis formelle à quelque chose qui ressemblait à une émotion banale, authentique. La vie à deux. C'était à la fois plus simple et plus complexe que ma propre relation.

Notre table habituelle, au coin café, sur la mezzanine au-dessus du hall du bureau. Les ongles de Rach, manucure pêche comme toujours, tapotaient le flanc de son *latte* amande. De collègues, nous étions devenues amies l'année précédente, alors que son père se remettait d'un cancer tandis que ma grand-mère y succombait. Son truc à elle, c'était la campagne chic aux portes de Londres, Kate Middleton, Jaeger-LeCoultre, le féminisme de confort. Le week-end, elle levait des fonds pour le bien-être animal, elle achetait des boucles d'oreille faites main sur Etsy. Un jour elle m'a appelée en larmes de chez Hermès. Tout est trop beau, avait-elle sangloté d'une voix hachée, tandis que la vendeuse emballait ses foulards.

« Être une victime, c'est un choix », déclare Rach. Moitié opinion, moitié mantra. Elle insistait sur le perfectionnement continuel : évolution, apprentissage, croissance, dégommage de tous plafonds, de verre et autres, quoi qu'il en coûte. Elle disait qu'il y avait une nouvelle victime chaque jour. Est-ce que mon dir-gé ne venait pas de se faire virer pour avoir fricoté avec la stagiaire du service juridique ? Elle secouait la tête, une telle hubris, c'était irresponsable, imbécile. Tel était invariablement le cours de nos conversations.

Malgré tout, Rach comprenait – et savourait – la compétition acharnée inhérente à ce lieu. Et donc, les pauses café, les verres, les brunchs, tout ça continuait. Nous étions proches, nous étions amies. Nous le disions avec un sérieux post-postmoderne : meilleures amies. Nous faisions des listes, passions en revue nos plans quinquennaux et sculptions de conserve les abdos en Teflon nécessaires à l'exécution desdits plans. Un aspect fondamental de ma personne, dans tout ça – brut, direct. Les rouages hideux qui tournent et tournent, sous chaque réussite. Ce n'est qu'avec Rach que j'admettais l'existence de cette dimension-là.

« Ils vont promouvoir qui, à ton avis ? Pour le remplacer. » Elle s'est renfoncée dans son siège pour réfléchir à sa propre question. Puis elle a lancé quelques noms, gloussé en évaluant les chances de Lou.

« Ou peut-être qu'ils voudront une femme, dit-elle, tendant les mains l'une après l'autre, paume ouverte. Une femme est blessée, une autre récompensée – ça le fait ! »

Elle a ri en se frottant les mains. En dépit de son cynisme, je savais que ça l'atteignait. Durant notre séance de sport avant le travail, quelques semaines plus tôt, je l'avais vue courir sur le tapis à côté du mien, vite. Trop vite. Haletant fort, fouettant la piste de ses New Balance, coudes pliés, bras pompant furieusement, elle sprintait. Et soudain, elle ne sprintait plus. D'un saut abrupt, elle s'était perchée sur les bords plastique, de part et d'autre du tapis qui filait, s'était laissée tomber de tout son torse sur le tableau de bord. Après, on s'était retrouvées comme d'habitude devant le vestiaire. Elle avait repris contenance, ses cheveux encore humides semblaient d'un blond plus foncé. Nous sommes montées nous caféiner sur la mezzanine. Corps encore tout enflammés par l'exercice sportif.

Qu'est-ce qui poussait Rach à vouloir cette carrière ? Moi, je savais pourquoi j'étais là. Les banques – je comprenais ce que c'était. Des machines à fric impitoyables, efficaces, ayant pour sous-produit une forme de mobilité sociale. Franchement, quelle autre entreprise aurait pu m'offrir une opportunité semblable ? Contrairement à mon petit ami, je n'avais ni le réseau ni l'argent prérequis pour me lancer en politique. L'industrie financière était pour moi la seule façon viable de gravir les échelons. J'avais troqué ma vie pour une fraction du confort des classes moyennes. Pour un avenir. Mes parents, mes grands-parents n'avaient pas eu ce genre d'opportunités ; il me semblait interdit de gâcher les miennes. Pourtant, je n'avais pas le cœur tranquille en propageant ces mêmes croyances auprès d'une nouvelle génération d'enfants. Cela maquillait le manque de progrès – il s'agissait de modeler leurs aspirations pour leur donner une forme docile, uniforme ; de modeler leurs identités pour en faire des travailleurs reconnaissants, laborieux, conscients de leur rôle social. Connaissant les limites de toute ascension.

Je préférerais dire autre chose. Quelque chose de mieux. Mais bien sûr, sans la légitimité conférée par un titre ronflant dans une entreprise avec pignon sur rue, je n'aurais nulle tribune pour exprimer quoi que ce soit. La moindre valeur que mes mots peuvent avoir dans ce pays découle de mon association avec ses institutions : universités, banques, gouvernement. Je ne peux que répéter leurs mots à eux, en espérant exprimer une sorte de vérité. Peut-être est-ce là une piètre façon de justifier ma propre complicité. Le rôle que je joue pour convaincre des enfants qu'eux aussi doivent endurer. Me taire, certainement, aurait été le choix le moins nocif.

Rach était passée à autre chose.

« Ce week-end, ça compte triple », m'a-t-elle dit. Place aux choses sérieuses, exaltantes. Des choses qu'elle résumait en émoticônes bague-de-diamant. Je n'étais pas sûre d'être prête pour ça ni pour quoi que ce soit d'autre. Je savais que c'était cela, les choses censément désirables, les belles choses auxquelles aspirer. Mais j'en étais malade, des aspirations, de l'endurance. De l'ascension.

Ses parents me toléraient. En bons parents progressistes. Ils étaient patients envers leur fils sur la question de ses fréquentations. Ils s'imaginaient, m'imaginais-je, que c'était une phase. Pourquoi la prolonger en lui accordant une attention négative ? Et donc ils s'en accommodaient. L'accueillaient – m'accueillaient moi, ostensiblement. De fait, ils avaient insisté, me rapporta-t-il plus d'une fois, ils avaient insisté pour que je me joigne à la famille afin de fêter leur anniversaire de mariage.

Je les avais déjà rencontrés, bien entendu. Mais rien à voir avec le week-end qui s'annonçait. Toujours à Londres, jusque-là, nous quatre à une table de restaurant. Deux ou trois heures, la durée maximale que nous passions ensemble. Conversation légère, divertissante. Oui, ils savaient vraiment se montrer divertissants. Comment parler, s'enquérir, écouter, comment converser. Ils savaient mobiliser le moment présent. Le père, surtout, qui maniait les mots avec précision, avec adresse, comme un instrument. Un scalpel, peut-être, ou une plume.

Autour d'une table, sous l'éclairage tamisé, quelques mois plus tôt, dans un restaurant aveugle sous une galerie d'art, je regardais le père parler, lèvres teintées de rouge par le vin (commandé après une grande conversation, vigoureuse et apparemment fort bienvenue, avec le sommelier). Il a levé sa plume pour m'attirer dans leur monde. Sur la page qu'il composait ce soir-là, j'en faisais partie, j'y appartenais. Pourtant, cette intimité n'était pas sans distance. Sincère, quoique éphémère, dépourvue de conséquences au-delà de cette interaction isolée. Variations sur la même question, à chaque fois. Avec cet intérêt complaisant dont il faisait preuve auprès du personnel.

L'ambivalence de la mère était plus classique. Elle m'a présentée un jour d'une circonvolution maladroite, « la nouvelle bonne amie de notre benjamin ». Suivi d'un sourire entendu à la connaissance qui venait de l'interroger. Malgré tout, je la comprenais. Il me semblait voir la chose par ses yeux : aux amours de son fils, oui, elle acquiesçait. Mais il y avait aussi la famille dont elle venait, celle qu'elle avait rejointe par alliance. L'avenir, les enfants et la pureté – pas dans un sens racial crasse, non. Bien sûr que non. Il était question d'une pureté de lignée, d'histoire : de mœurs et de sensibilités culturelles partagées. La préservation d'un mode de vie, d'une classe, l'échelon supérieur, indispensable, de la société. Il ne fallait pas que la croissance atrophiée de son fils (et qu'était cette relation, sinon une fantaisie puérile ?) ait des répercussions sur le patronyme familial.

Sans surprise, j'ai appris que tous les titres et le patrimoine venaient du père. Il y avait une incertitude sous l'hostilité de la mère à laquelle je m'identifiais presque.

Le matin, j'ai observé leur fils comme il s'asseyait au bord de son lit pour extraire une pilule pelliculée d'une plaquette. Il a contemplé le grain blanc dans sa paume jusqu'au moment où il a fini – avec une détermination superflue, théâtrale – par rejeter la tête en arrière, main plaquée sur la bouche jusqu'à ce qu'il l'ait gobé. *Escitalopram, 5 mg. Un comprimé par jour minimum, selon l'ordonnance.* Il s'est penché vers l'avant, rougissant, et a jeté la boîte de côté. A bu une grosse lampée d'eau dans le verre posé sur sa table de nuit. Puis il s'est tourné vers moi, dans l'expectative, comme s'il venait de finir le brocoli dans son assiette. J'étais à l'autre bout de la pièce, je remontais mes cheveux. Nous formions une scène parfaite. Le soleil filtrait entre les persiennes. Sa chambre était claire, presque nue, et il semblait petit, au bord du cadre, valise dodue au sol, près de lui. J'ai gloussé et il m'a répondu par un sourire, hésitant. Je l'ai rejoint, j'ai pris sa mâchoire dans ma main gauche, de la droite j'ai lissé le doux bord de sa chevelure. Il était temps d'y aller.

Il a mis la valise dans le coffre de sa voiture. Un froid soleil matinal déversait sur nous sa lumière impitoyable, sur fond d'humidité. Lui semblait regonflé, revivifié. S'imprégnant du grand air, de la promesse d'une virée en voiture à la campagne, sa famille, son foyer, à l'horizon. Avant mon départ, il a posé les mains sur ma taille, s'est penché pour m'embrasser.

« Est-ce que je ne pourrais pas t'enlever ? », a-t-il dit, et ses yeux souriaient.

Une partie de moi voulait monter en voiture avec lui et disparaître. Pour m'épargner la journée tendue, malheureuse, qui m'attendait. Pleine de réunions à la con, de falaises en verre, des mensonges proférés aux enfants. Mais – me montrer imprudente, agir sur une impulsion, vivre comme lui… Non. Même si j'avais commencé à en identifier les limites, je demeurais liée à la vie que je menais. Je devais continuer sur ma lancée. Doucement, gentiment, j'ai repoussé ses mains. Qui ont retrouvé leur place, de part et d'autre de son corps.

Je le verrais ce soir.

Stratégie sur site

Sur site, nous passons en revue les derniers chiffres, les tendances générales, les facteurs clés de ces tendances – ou peut-être les étapes visant à déterminer les facteurs clés des tendances en question. Je suis assise, cheville droite croisée sur la gauche, genoux serrés, épaules en arrière, bras sur la table, mains détendues. Prête. Quand je prends la parole, je vais droit au but, mon rythme est mesuré, mon ton régulier. J'ai les données pour moi. Présentation PowerPoint à l'appui.

Au milieu de l'après-midi, une petite pause. Les hommes se lèvent, s'étirent, arpentent la pièce. L'air ranci de sueur, de paroles, de sandwichs. L'un d'entre eux désigne la machine à espresso, déclare ne pas savoir comment faire :

sur quel bouton appuyer, où placer la capsule. Quand est-ce qu'elle revient, la réceptionniste ? Les autres opinent, eux aussi sont perdus. Ils me demandent, peut-être que je sais, moi.

Bon.

Je prépare leur café. Et s'ils le souhaitent, j'ajoute de la mousse de lait par-dessus. Les hommes, soulagés, disent oh, merci.

Merci.

Après quoi j'attends Merrick dans le petit bureau. Il est séparé de l'open space par des parois vitrées. Du verre partout, dans cet endroit. Du verre qui sépare et divise sans transparence. Quand bien même, Lou parvient à observer. Il a observé l'assistante qui m'a interpellée tandis que je me rendais à mon bureau. M'a observée sur des moniteurs alors que je traversais l'étage pour entrer dans l'ancien bureau de l'ancien directeur général. Et il m'observe en ce moment même, le cou tendu par une curiosité flagrante. Je pose mes affaires – carnet, stylo, portefeuille – sur le bureau et je m'asseois.

Que Lou se rince bien l'œil.

Mais je l'éprouve. *L'appréhension*. Chaque jour, une nouvelle opportunité de merder. Chaque décision, chaque réunion, chaque rapport. Il n'y a pas de succès, seulement des échecs temporairement évités. *L'appréhension.* Du bourdonnement, de la sonnerie de mon réveil jusqu'au moment où enfin je me rendors. *L'appréhension.* Je reste allongée sur le canapé ou dans mon lit ou juste étendue par terre. *L'appréhension.* Je me repasse la journée, je l'ausculte, à la recherche d'erreurs, de faux pas, de – de quelque chose. *L'appréhension, l'appréhension, l'appréhension, l'appréhension.* Un rien pourrait s'avérer la ruine de tout. Je le sais. Cette vérité résonne dans ma poitrine, une ligne de basse qui cogne. *L'appréhension, l'appréhension*, ça m'étouffe. *L'appréhension.*

Je ne me souviens pas d'un moment où je n'ai pas éprouvé ça.

Oh, vous êtes là. Bien.

Le visage de Merrick semble immense, il rayonne de cette chaleur, de cette insincérité expansives, tout américaines. L'écran de vidéoconférence refait le point puis l'angle s'élargit, révélant une femme assise à ses côtés.

Bien, répète Merrick.

La femme ne sourit pas.

Je la connais, la femme. Mes collègues l'appellent cette femme. Ils disent savoir comment *cette* femme a décroché *ce* poste. Ils disent bien pire, aussi. Elle est l'un de leurs sujets de conversation les plus fréquents, l'un de leurs préférés. Cette femme qui a réussi. Cette femme cernée, aux abois. Malmenée, moquée. Quoi qu'il en soit, maintenant, elle soutient les autres femmes. Elle intervient régulièrement dans les événements qui traitent des femmes. Elle a quatorze protégées, paraît-il. Et la voilà avec Merrick. Bien assise dans sa chaise, les bras croisés, me dévisageant, les traits marmoréens.

Ben quoi, merde. Je suis pas une femme, moi aussi ?

Merrick n'a pas encore commencé. Il gigote, dit oh, euh, oui, bon. Il pose les paumes à plat sur la table, dit bon, puis recule et ajuste ses lunettes. Euh, oui. Son regard passe de la femme à moi.

Tout cet épisode déplaisant est derrière nous, finit-il par dire. Nous aimerions laisser tout ça derrière nous et aller de l'avant. Prendre une nouvelle direction.

Il tente un sourire laiteux.

La femme le dit simplement, ils veulent de la *diversité* maintenant.

Merrick opine avec une gravité grotesque.

Oui, dit-il. En effet ! Exactement. Il tambourine sur la table. Et c'est pourquoi il est en train de me parler, dit-il. Lou est déjà de la partie.

Ils poursuivent :

Une codirection, dit Merrick.

Une sacrée opportunité, dit la femme.

J'ai beaucoup de chance, ils sont tous les deux bien d'accord.

L'open space, ses rangs serrés d'hommes en costume, fonctionne en autonomie, par à-coups. Même après des semaines sans *direction stratégique* en provenance de cette boîte en verre. Les hommes rient, respirent, discutent à deux ou trois, rassemblés autour d'un écran. Ou debout, bombant le torse, désignant quelque chose du doigt. Une femme vient de temps à autre ponctuer la scène. Certains sont accroupis, le nez dans des plateaux en plastique, dîner pris tôt ou déjeuner tardif. Ça ne sent pas bon. Tous ces hommes qui parlent et suent et rotent et toussent et existent – coincés là, au coude à coude. Visages secs, fatigués ; joues molles, tombantes ; fronts à la peau grasse, luisante. Les cous jaillissent de cols encore déboutonnés. Dans toutes les nuances de rose, beige, brun clair. Doigts qui attaquent les claviers, poings charnus repliés sur des combinés téléphoniques. Ou mains libres, gesticulant tandis qu'ils s'expriment dans de fins casques, tout en jouant à lancer et rattraper une balle, un stylo.

C'est ça ? Le crescendo de ma carrière ?

Ma vie ?

Lou, debout, fait un signe de la main. S'approche, souriant.

Lou !

J'ai grandi dans une pauvreté crasse, tu sais. Une putain de pauvreté crasse, dans une espèce de petite bicoque à Bedford. Je te comprends. Je comprends. Tout ça – ça m'est aussi étranger qu'à toi. Vraiment. Et je la respecte, ton histoire. Tu turbines, quoi. Alors tu vois, bien sûr que j'ai été d'accord pour la partager, cette promotion. Bien sûr. Tout ça tu le mérites, autant que moi. OK ? OK. Laisse personne te dire le contraire. Putain, ça m'excite. Tout ça, nous – la *dream team* ! Bon, bref. C'est tout ce que je voulais te dire. Voilà. Les gars descendent s'en jeter un derrière la cravate pour fêter ça.

Tu viens ?

De retour à mon bureau, je savoure ce rare moment de tranquillité. Pendant que Lou et les autres fêtent la nouvelle, j'éprouve un calme peu commun dans cet espace. Curieusement, j'apprécie de nouveau la physicalité de mon environnement de travail. J'ai un poste d'angle, devant la fenêtre. Le bureau de Lou est face au mien. Une cloison d'une soixantaine de centimètres en feutre, c'est tout ce qui nous sépare durant ces milliers d'heures que nous passons ici ensemble. Les différentes équipes que nous allons codiriger occupent les rangées de moniteurs et de machines qui ronronnent doucement autour de moi.

Ce succès, cette conquête : c'est tout ce pour quoi j'ai travaillé. Entre mes mains. Mes doigts agrippent une solive du célèbre plafond de verre. J'ai une chaise de bureau ergonomique à deux mille dollars et un casque Bluetooth qui clignote d'un air satisfait sur son cube de recharge. Trois moniteurs de trente-deux pouces brillent en rouge et vert avec une intensité vertigineuse. Et une pile de cartes de visite ; chacune portant mon nom et ma raison sociale – il va me falloir un nouveau tirage, sur un carton épais, près du logo gaufré de la banque.

C'est absolument tout.

J'ai absolument tout.

En panorama autour de moi, le ciel est en train de fondre : rouges, orangés se dissolvent en bleu d'encre, en nuit. Je fixe le paysage au travers des grandes baies vitrées, au filtre anti-UV, qui doivent déformer les couleurs. Mon regard se porte, passé les gratte-ciel, vers l'horizon flou, vert-gris. Mes doigts sont engourdis mais mon visage est brûlant, il fourmille. Je me déconnecte de mon poste de travail, remplis mon sac à main et me dirige vers les ascenseurs.

Me voilà à la gare, je devrais

Les écrans affichent les départs sans se presser. On voit la première page, puis la seconde, puis on revient à la première. Je trouve mon train sur les écrans. Un numéro de quai brille, un peu flou, une poignée de points orange.

Me voilà donc à la gare. Je devrais aller rejoindre mon quai et monter dans le train. Le trajet dure quarante minutes. Il m'attendra à la descente. Devant la gare dans sa Mini, prêt à m'emmener, à finir le trajet.

Je n'ai pas l'impression de partir en voyage. Me voilà, sans gros sac ni chaussures confortables. Je suis encore sapée pour le boulot, je suis venue directement du bureau. La pointe en cuir de mes bottines fait de l'œil à mes ourlets stricts.

Ça aurait été mieux de l'entreprendre demain matin, ce déplacement.

Mais me voilà. Et je devrais au moins me pousser. Je bloque le passage, plantée là. Bousculée par les flots pressés, par les traînards, les gens en formation familiale, regroupés comme une couvée de canetons. Je suis pile dans le passage. Allez, quoi. Lève le pied gauche, lance-le en avant, suis-le. Ne ralentis pas, ne t'arrête pas. Ne pense pas. Continue à bouger le pied, c'est tout.

Va prendre ce train.

Mais me voilà,
malgré tout,
debout, immobile
à la gare.
Vraiment, je devrais

21 : 04
LONDON PADDINGTON [PAD]
À
NEWBURY [NBY]

Quand le chariot repasse, j'achète une deuxième petite bouteille de vin rouge indéfini. Le train roule à toute blinde. S'éloigne de Londres, s'éloigne du bureau. Champs, arbres, buissons, autant de parallaxes qui défilent devant la fenêtre sale.

Je ne suis pas sûre, à propos de ce week-end. L'idée semblait bonne, agréable même, quand il me l'a présentée. Il y a des mois de cela, abstraite.

Mais on y est, maintenant, et m'y voilà. Et ce train – très réel, très concret, qui fonce – nous rapproche à grande vitesse.

Ferme les yeux.

•

Dans mon souvenir, les hôpitaux sont de grands endroits sales, déroutants. Des rangées de lits, séparés uniquement par de fins rideaux et une intimité de pacotille. Un lavabo à partager, d'une étroitesse misérable, sous une fenêtre opaque donnant sur le couloir du service. Des trios de chaises en plastique vissées les unes aux autres. Les visites du soir ; et elle que je venais voir, allongée, pas tout à fait confortablement. Perfusions, boutons, sondes. Un tupperware de raisins doublé d'une serviette de cuisine sur le petit meuble près du lit. L'odeur de désinfectant ne faisait pas illusion, n'effaçait rien.

Mais maintenant, pour moi, ce sont des chambres privées. Des fleurs fraîches, des espressos.

•

Sérieux, mot sur lequel la doctoresse insiste lourdement. Me dit que je dois prendre cela au sérieux.

Son chemisier est caramel. Son chemisier est en satin. Satin qui se déploie, puis disparaît dans la taille de son pantalon. Mon œil est attiré par le relief d'un ourlet de dentelle en dessous, un M en cursive couronnant sa poitrine.

Vous m'écoutez ?

Une lumière sirupeuse éclaire son petit cabinet. Nous suspend toutes les deux, comme des insectes fossilisés dans l'ambre. Elle tend une main vers moi, puis se ravise. Les miennes sont posées l'une par-dessus l'autre, sur mes genoux.

Je secoue la tête, je tente de sourire.

Pardon, dis-je. Je vous écoute.

Je ne sais vraiment pas pourquoi je fais certaines choses, parfois. Pourquoi est-ce que j'inspire ? Pourquoi est-ce que je m'excuse ? Ou que je dis ça va, merci. Et vous ? Pourquoi est-ce que je m'éloigne de la bordure du quai ?

Ces questions ne sont ni sophistiquées ni intelligentes. Et pourtant, il m'arrive d'être incapable d'y répondre. Je n'arrive pas à me rappeler la bonne réponse.

•

En attendant la Central Line à l'arrêt Liverpool Street, j'ai un jour vu le Blackberry d'un type lui glisser des mains, puis tomber, comiquement, sur les rails. Lui est resté planté là un moment. Sans réaction. Un bambin avant son caprice. Puis l'éruption – un flot brûlant d'insultes. Son visage rougissait. Le rabat de sa sacoche battait, son veston tourbillonnait tandis qu'il agitait les bras comme un oiseau incapable de voler. Il regardait en contrebas. Se penchait, observait, scrutait les rails. Envisageait-il de descendre ? Putain, a-t-il redit. Puis il a passé les deux mains dans ses cheveux et a quitté le quai.

•

Des sensations, j'en ai. Bien sûr que j'en ai.

J'ai des émotions.

Mais je m'efforce d'envisager les événements comme s'ils arrivaient à quelqu'un d'autre. À une autre entité. Il y a le je (moi) qui pense, qui rationalise. Et elle qui fait, qui éprouve. Je la considère avec bienveillance. De loin. Pour me protéger, je me détache.

•

Livraison avec accusé de réception ? Oui ; sept livres de plus ; s'il vous plaît. Ça roule, dit l'employé, de l'autre côté du comptoir du Snappy Snaps. Il a saisi un imprimé qu'il a coincé entre ses lèvres tout en lâchant mon passeport dans une petite enveloppe en plastique, qu'il a fermée. Puis il a regardé l'enveloppe fermée et poussé un juron. Le papier oublié est tombé de sa bouche, a voleté d'avant en arrière, à ses pieds. Porté par cette petite bouffée d'irritation. Il a déchiré l'enveloppe des deux mains, exagérant son geste pour étirer le fin plastique gris jusqu'à la rupture. D'où a jailli un éclat bordeaux, qui a atterri sur la table dans un bruit mou.

•

L'*amour*. Une gorgée de Coca, pas si agréable que ça, qui pique la langue ; mais quel délice, l'effervescence entre la canette, la bouche et la gorge qui s'humecte. Elle parlait, dans un léger effet de chœur, depuis les télévisions placées à intervalles réguliers à l'étage des bureaux. En tailleur rouge qui, surexposé, paraissait rose chatte ; lèvres rouges exagérant sa place dans l'histoire des femmes. L'extrait est repassé : le pays que j'aime d'amour. Son visage qui se froisse comme une canette vide sur *amour*, écrasé. Elle s'est détournée du podium – en un clin d'œil. Je voulais l'entendre encore ; mais elle se tournait, repartait vers cette porte noire ; l'*amour*, encore ! Et la porte s'est ouverte, puis s'est refermée sur elle. Coupez, retour en studio.

•

Je t'aime, dit-il, d'une voix timide, la première fois. Après quatre pintes de démenti possible. Aujourd'hui il le fait avec une brusquerie pragmatique, quotidienne. Je t'aime ! Quand je pars travailler. Je t'aime ! Avant qu'on raccroche. Et parfois aussi, ironique, en français : *je t'aime* !

Je le dis, moi aussi, bien sûr. Ça n'est peut-être rien de plus que ça ? Le dire, puis le mettre en scène.

•

Le temps non structuré, je n'ai pas l'habitude. Je pense trop. Je ne sais pas quoi faire de moi-même. J'ai mon téléphone, je devrais m'occuper de mes emails. Il y en a toujours plus, des emails. Merrick m'inonde probablement en ce moment même. Mais le réseau n'arrête pas de sauter dans le train.

Et puis je préfère siroter mon vin.

•

À l'époque, quand j'ai acheté l'appartement, l'avocate a dit qu'il me fallait un testament. Après un échange, son collègue en Gestion de patrimoine a parcouru mon dossier : avoirs, comptes, polices d'assurance – habitation, santé, vie. Souhaits exprimés. Ma valeur nette, ou du moins ce qui en atteste, ouverte sur son bureau.

Bon, a-t-il fait en se radossant. Vous êtes une vraie petite maligne, vous !

Je suppose que je comprends son amusement. Pourquoi se serait-il attendu, venant de moi, à une si jolie petite pile d'imprimés et de photocopies ?

Quand il est d'humeur joueuse, mon petit ami me dit que je suis pétée de thunes. Bien plus que lui. Il dit que le un pour cent des riches, c'est moi.

Mais l'argent, ça n'est pas tout. Lui, il est fortuné. Sa fortune est répartie en actifs, fidéicommis et holdings aux clauses de propriété complexes. Autant de choses qu'il fait mine de refuser de comprendre. Des intérêts composés, s'accumulant sur des générations. Quelle différence ça fait ? demande-t-il. Je lui réponds. L'un de nous va bosser à six heures du matin. L'autre feuillette les journaux au café du coin.

Cet avocat, mon avocat à présent, tout à la gestion de mon patrimoine, demande à son collègue, une espèce d'analyste, de modéliser le cashflow – de réaliser une projection des gains et bénéfices, en fonction de différents scénarios spéculatifs. C'est un service offert, inclus dans le pack Gestion de patrimoine, et il devrait servir d'avant-goût afin de promouvoir un autre service qui, explique l'avocat, est taillé sur mesure pour une petite dame ayant une trajectoire financière telle que la mienne.

La gestion de fortune, sourit-il.

•

Mon grand-père est venu avec sa perceuse. J'avais acheté deux paires de lunettes protectrices. Il a ri quand je lui en ai tendu une. On a fait une photo ensemble, couverts de poussière et souriants. Mes nouvelles étagères flottant derrière nous. Il m'a conseillée sur d'autres problèmes, dans l'appartement. Ma plante qui se languissait – il a dit de couper les frondes de palmier mourantes. Des mois plus tard, la voilà verte, luxuriante.

•

Un froufrou. La doctoresse se penche, s'exprime d'une voix douce. Elle dit que je suis forte, que je suis une battante. Elle dit qu'elle le voit. Je ne peux pas me contenter de ne rien faire, c'est – c'est du suicide. Elle me dit d'être responsable. De penser à ma famille. De faire un choix.

Rien est un choix.

Mais je ne me fais pas confiance lorsqu'il s'agit d'exprimer ce que je veux dire, donc je déclare simplement que je m'en vais. Il est temps de retourner au travail. Je cherche mes affaire des yeux, je dois partir.

Rien *est* un choix.

Et la mort n'est pas une instruction nulle. Elle a des effets secondaires. Je pense au cash-flow : au scénario de mort immédiate. C'est la plus haute barre du diagramme, une rentabilisation immédiate des rendements à venir. Une évaluation présente de ma personne.

Ce ne sera pas beau à voir – elle me met en garde –, ce n'est pas de la poésie. Ce ne sera pas ce que j'imagine. Oh et je le sais bien, tout ça, je le sais mais – que m'importe, à moi, la beauté ?

Rien est un *choix*.

Et c'est ce que je veux. Je prends mon sac, me lève, me détourne. Je décroche mon manteau, sur la porte. Elle se lève, elle aussi. Sur son visage, une expression chiffonnée d'inquiétude et de désapprobation.

Écoutez, dit-elle.

•

Le train fait des embardées et je pose une main sur ma poitrine. Pas d'incision, pas de livre de chair – juste une aiguille, une piqûre. Et voilà. Puis un coup de fil poliment évasif, une consultation de suivi prévue dans les meilleurs délais. Maintenant, ils parlent d'opération, avec plusieurs semaines de convalescence. Une thérapie adjuvante, ensuite, possiblement, des rayons ou – une chimio, même. *Faites un choix*. La perturbation, passée sous silence, de ma carrière.

La promotion.

Ces directives : écoutez, ne dites rien, faites ceci, ne faites pas cela. Quand est-ce que ça va prendre fin ? Et où est-ce que ça m'a menée ? La même histoire, encore et toujours. Je suis tout ce qu'on m'a dit de devenir. Ça ne suffit pas. Une destruction physique à présent, à la hauteur de la destruction mentale. Disséquer, empoisonner, détruire cette nouvelle part maligne de moi. Mais il y a toujours autre chose : une requête de plus, une critique de plus. Ces acquiescements, ces efforts, ce dépassement sans fin – pourquoi ?

•

J'ignore quelle boîte, spécifiquement, les manifestations ciblaient. J'étais tout juste diplômée, à l'époque, avec mes chemises pimpantes en coton de chez Primark et mes pantalons souples Marks & Spencer. Excitée, terrifiée, impatiente de travailler. Les vigiles avaient posé des barrières métalliques en guise de cordon de sécurité devant l'entrée de l'immeuble. Je me suis frayé un chemin à travers la foule ; une masse de sandales, de dreadlocks blondes et d'odeurs corporelles. Leurs pancartes et leurs voix nous conspuaient de tous les côtés. Bras croisés, tête baissée, j'ai avancé d'un pas rapide, concentrée sur le sol devant moi. Quelqu'un a crié quand j'ai montré mon badge. Les agents de sécurité ont poussé la barrière pour me laisser passer.

Leurs yeux ne me lâchaient pas. Ils m'ont suivie tandis que je traversais la ligne de démarcation pour disparaître derrière les portes-tambour.

•

Disons : un petit garçon grandit à la campagne, dans un manoir. Fréquente une école privée. Passe ses week-ends dans la grange avec son père. Ensemble, ils construisent un immense cadran solaire en pierre. Le petit garçon, à présent jeune homme, obtient deux E à ces examens de fin de lycée qu'on nomme A-levels, puis il voyage en Jamaïque où il *enseigne*. Son soleil tourne et tourne sur son ombre comme le petit garçon s'élève en tournant sur lui-même. Jusqu'au moment où, devenu vieil homme, il se retrouve tout en haut du système politique. Porté par une richesse qu'il n'a jamais eu à gagner, pour laquelle il n'a jamais eu à travailler. Il n'a jamais trempé dans de vils compromis. Et, ainsi en surplomb, il pointe un doigt – un vieux doigt à la peau transparente, le bras tendu, tremblotant. Il le pointe sur vous : le problème.

Toujours, le problème.

•

L'autre jour, un type m'a traitée de putain de n***sse. Un mendiant à Aldgate, un gaillard qui s'est approché trop près et m'a coincée – contre le bout du quai, donnant sur les rails. Il s'est penché à me frôler le visage et a craché ces mots. Puis, en riant, il s'est éloigné.

Tu ne dois rien à personne.

Je paie mes impôts, tous les ans. Toute somme dépensée pour moi, pour mon éducation, ma santé, que sais-je – pour les routes ? –, je l'ai rendue. Avec intérêts. À présent tout n'est que profit. Je suis ce que nous avons toujours été pour l'empire : un putain de profit net. Une ressource naturelle à exploiter, et exploiter, et dénigrer, et exploiter encore. Je ne dois rien à ce petit garçon. Ni à cet homme. Ni à ces manifestants, ni à l'empire, ni à la mère patrie, rien du tout. Je ne leur dois pas mes quarante années à venir. Je ne leur dois pas la putain de minute qui vient. Qu'est-ce qu'il reste à prendre ? On y est, c'est le bout de la route.

Ce sera sans moi.

•

Pas de temps, en octobre, pour autre chose que le beurre de cacahuètes, les feux de signalisation et les *esclaves libérés*. Ça vous fait perdre le nord, ça vous empêche de vous forger une identité. La vie dans un endroit où l'on vous dit sans cesse de partir, sans savoir, sans rien connaître à rien. Sans histoire.

Après la guerre, l'empire qui s'émiettait est retourné chercher ses sujets coloniaux. Pas de soldats, ce coup-ci : des infirmières, des infirmiers pour porter à bout de bras un Service de santé chancelant. Enoch Powell en personne est allé à la Barbade pour nous implorer : venez. Et nous sommes venus et nous avons édifié, nous avons réparé, nous avons soigné ; cuisiné, nettoyé. Nous avons payé des impôts, payé des loyers exorbitants aux rares propriétaires qui voulaient bien de nous. On nous haïssait. Le National Front poursuivait, incendiait, poignardait, éradiquait. Churchill mettait sur pied des détachements spéciaux pour nous sortir du pays. *Pour une Angleterre blanche*. Enoch, autrefois recruteur intrépide, mettait à présent en garde, des rivières ensanglantées si nous restions. Promulgation de nouvelles lois ; révocation de nos droits.

Pourtant, certains ont survécu. Ont réussi, qui sait comment, à mettre un peu de côté sur leurs maigres salaires. Assez, en fin de compte, pour permettre à femme, mari et enfant de passer d'une pièce unique, louée dans une maison que se partageaient cinq familles, à un petit pavillon bien à eux. Vraiment à eux. Et une éthique, une mentalité, une détermination a vu le jour à cette époque, et persiste encore. Une quête acharnée, sans compromis.

•

Qui transcende la race, disent-ils des Noirs d'exception qui sont morts. Comme si cette obstination à se dépasser, poussée à l'extrême, tel le temps s'étirant à l'infini, dépassait elle-même les limites, et même l'infinité, et même cet endroit-ci.

•

Je ne connais la Jamaïque qu'au travers des histoires qu'on m'en a racontées. Des oncles et des tantes de passage, des cousins – la famille. Quartiers de fruit à pain ; mangues Julie ; cake fruité ; une poire sucrée, fondante comme du beurre, étalée sur du pain jamaïcain ; des récits de famille, tous assis sur la véranda jusqu'à tard dans la nuit, ensemble, à se raconter des histoires. La promesse d'une famille aimante, chaleureuse, bienvenue, se dérobant sans cesse. Ils repartent toujours, tous.

Moi, je reste ici. Leur cousine anglaise.

•

Je suis allée à l'école avec un garçon – je ne l'ai pas vu depuis la sixième, mais je me souviens que ses parents l'obligeaient à rester debout à un bureau, dans le salon, pour faire ses devoirs le soir. À peine rentré. Ni nourriture, ni boisson, ni pause pipi. Debout, et au boulot. Sa mère s'en vantait devant l'école. Lui m'avait même raconté, comme font parfois les mômes, qu'il s'était fait dessus un jour, debout comme ça. Et sa mère l'avait laissé là. Pantalon chaud qui refroidissait, collait aux jambes, jusqu'à ce que les devoirs soient finis.

Il a eu une bourse pour Haberdashers' Aske's. Sa brochure, écornée à force de lectures, se vantait d'un *taux d'acceptation de vingt pour cent* à Oxford et Cambridge.

•

Mais ce qu'il faut pour y arriver n'est pas ce qu'il faut une fois qu'on y est.

C'est difficile d'en prendre conscience, encore plus difficile d'en prendre acte.

Je comprends ce que ce week-end représente. Entrebâillant le rideau, mon petit ami m'invite dans le saint des saints. Je ne suis pas acceptée, pas encore. Ce n'est qu'un pas de plus, un pas plus près. Je dois trouver mes marques. Par son biais, par celui de Rach, j'étudie ce capital culturel. J'apprends ce que je suis censée faire. Comment je suis censée vivre. Ce que je suis censée apprécier. Je regarde, j'imite. Ça demande des efforts. Ça demande de comprendre tout ce qui demeure hors de portée. Tous les moments où je me rate.

Née ici, de parents nés ici, jamais vécu ailleurs – pourtant, jamais d'ici. Leur culture devient une parodie sur mon corps à moi.

•

Assise là, je me sens à l'étroit, irritable. Mon sac est rangé au-dessus de ma tête. Mon manteau, plié sur mes genoux. J'ai chaud, j'ai la chair de poule. Je voudrais être ailleurs que dans ce train, dans mon appartement, me débarrasser de ces vêtements qui grattent pour me glisser entre des draps de coton frais.

Je veux me reposer, c'est tout. M'arrêter. Juste un instant.

C'est le genre de pensées qui vous défont. Ou alors qui vous font ne rien faire, ce qui est une façon plus lente et plus douloureuse de se défaire. Tant à faire, encore. Et pourtant, tout ce qu'on a déjà fait.

Je suis encore là, non ? Bientôt, ça pourrait ne plus être le cas. Peut-être que je peux arrêter de m'en soucier. Arrêter d'essayer – non, pas de précipitation, ne pas se fermer de portes, pas encore. Ça pourrait prendre des années. La chance. Ce n'est qu'opportunité et préparation.

•

Ma préparation aux examens a été méticuleuse. J'ai tout donné. Du matin au soir, chaque heure avait son rôle dans l'emploi du temps que je m'étais créé. Mon dévouement était absolu, à l'époque, je n'ai jamais retrouvé ça. Rien pour me distraire, rien pour me déconcentrer. Pas la moindre pensée oisive. C'était de la méditation. Et après des mois d'études ferventes, je me suis rendue une fois de plus de la gare à l'école, de l'autre côté du carrefour grouillant de monde. J'étais prête.

Et je voyais tout : quarante années étirées indéfiniment, à courir sur une route pavée, étincelante. Bateaux et champagne, vols en avion, vues panoramiques, salle du conseil, écrans qui clignotent ; lumières qui dansent, bureau d'angle, coin sombre du club réservé aux adhérents ; pelouses vertes, à perte de vue. Nuages filant comme du coton tendu, humide ; de la laine au travers du ciel. Un ciel bleu, et froid. *Swish*, l'essuie-glace balaie le pare-brise sec et…

Une dame me secoue le bras et crie-hurle C'EST QUOI TON PROBLÈME ? Il y a une voiture, à un angle bizarre, à cheval sur deux voies, d'autres qui klaxonnent, et des piétons qui s'arrêtent pour voir ce qui se passe. Tout s'est arrêté – temporairement, la dame m'a hissée sur l'îlot central. Sans cesser de me secouer.

J'ai tout défoncé, aux exams.

Prémonition ou préméditation ? Peu importe, je suis sur ma lancée.

•

Moi, ce que je convoite, c'est *dans cent ans.*

•

C'est le boom

et voici l'ascension, phénomènes jumelés pour toi, tu as transformé l'essai. Nulle euphorie, comme tu l'avais imaginé. Mais peut-être qu'il n'y en a jamais, quand on est au cœur du truc. Ça ne peut pas

durer, ceci dit, tu sais. Et donc, tu mets de côté, tu économises. *Il pleut tous les jours en Angleterre !* Et te voici, avec tes comptes et maintenant ton comptable, et tu mets des trucs dans des titres, dans des fonds, achats périodiques par sommes fixes. Et tu te prépares. Tu ranges des espèces dans des comptes, dans un portefeuille, dans une boîte sous le lit. De l'or – tu en viens à l'envisager. Sérieusement, ça n'en finit pas, il y a toujours quelque chose qui rentre. Des mots, gravés – dans le cuivre, dans l'aluminium, tu regardes des vidéos d'hommes qui versent du feu dans des seaux ; et les restes calcinés, chauffés à blanc. L'argent n'est qu'une affaire de croyance et la réalité n'est qu'une affaire de perception, alors pourquoi pas ? Ranges-en là, et puis un peu partout. Sois prudente, tout de même, et économise

tu en vois d'autres – Rach, Lou, ils claquent. Ils aiment ça. Pourtant, leur niveau de vie actuel est-il vraiment fait pour durer ? Tu ne sais pas. Mais toi tu es en mesure de faire face à une urgence, de te soumettre à un test d'effort, tu ne seras pas défaite par un petit rien. Tu espères. L'espoir, c'est tout ce qu'il y a. L'espoir que ça suffira pour faire face à n'importe quel coup dur jusqu'au moment où ça reprendra, où tu pourras t'accrocher, te ressaisir et reprendre l'ascension.

•

La petite enveloppe, d'un brun gouvernemental, dans une pile de courrier blanc. Je l'ouvre et repère mon visage, qui ne sourit pas, à deux reprises dans les pages. Nom, date de naissance, nationalité. Je suis horrifiée par mon soulagement et par sa nature même – ténu, sans autre valeur que celle du papier sur lequel il est imprimé. Nous voyons aujourd'hui comme hier l'empressement de ce gouvernement et de son hardi Premier Ministre à se débarrasser du papier, des papiers, de nos dossiers et de nos preuves. Qu'est-ce que la nationalité, lorsque on a vu des camionnettes proclamant *Rentrez chez vous* devant chez soi ? Quand on a entendu les coups, imprévus toujours, à la porte ? Quand son identité *britannique*, réduite à du papier, est mise de côté et piétinée ? La couverture du passeport est lisse et neuve dans mes mains. Glisse-le, cache-le. Dans la pochette au fond du tiroir du bas, dans la commode.

•

Rach trie efficacement. *On garde, on entrepose, on donne*. La pile sur le lit à côté de moi, *on garde*, est la plus grande. Robes, pulls, chemisiers. Bruissement des doux tissus lorsqu'elle les pose. J'inspire l'odeur musquée-citronnée. Elle a déjà prévu le matériel approprié : brosses, peignes, shampoings et sprays adéquats. De toute sorte. Sa garde-robe exige un entretien complexe, détaillé sur les étiquettes.

Emménager avec lui – ça pourrait même s'avérer bon pour sa carrière, dit-elle. Sa voix s'élève, étouffée, interrogative, du dressing. Plus d'opportunités de *networking* ?

Elle émerge avec trois robes – vive, fleurie, à motifs – posées sur ses bras comme des mariées molles. Elle soupire et les place près de moi. La mousseline de soie se déploie, délicate, comme une marée dans la brise qui entre par la fenêtre.

De toute façon, on ne peut pas mettre notre vie sur pause, dit-elle. Faut bien qu'on vive.

•

Les épouses et les petites amies sont placées entre nous en formation garçon-fille-garçon. Deux sont enceintes jusqu'aux yeux, elles sourient derrière leur ventre en ballon de plage, roses et transpirantes dans le soleil de l'après-midi. Ici, autour de la table de pique-nique en bois recyclé de Lou, je me sens aussi étrangère qu'au bureau. Ni homme, ni épouse. Je ne rentre pas dans les cases. Mais mon petit ami est comme toujours sociable. Assis à mes côtés, il discute, pose des questions. Rit avec Lou et les autres. Il peut s'insérer partout. Et moi avec lui. Il est mon échelle parmi les serpents.

La semaine suivante, de retour au bureau, le mari de l'une des femmes enceintes se campe en face de moi. Son nom n'est pas sur la liste. Pas de nom, pas de promotion. Il gonfle les joues, serre les lèvres, narines tressaillantes, il s'obstine à éviter mon regard jusqu'au moment où il finit par dire :

C'est tellement plus facile pour vous les Noirs et les Latinos.

Il dit que c'est pour ça qu'on m'a choisie, plutôt qu'un gars surqualifié comme lui. Il dit que la diversité, il n'a rien contre. Mais il veut un peu de justice, ok ?

Ok ? il répète.

Ok ?

J'ai encore quelques phrases de retard. Mais ok, ok, ok.

•

Expliquez l'air.

Convainquez un sceptique. Prouvez qu'il existe. Prouvez l'invisible.

Cette brutalité enjouée qui chaque jour vous coupe – comment l'excuser ? L'expérience ? Chair tranchée. Votre espoir. L'évaporation ? Impossible de passer au travers de leur perception de la réalité. *Respirez.* La nuit. Ça monte d'en bas ; carré blanc sur sein gauche. S'accroche, se répand ; votre cou, il se raidit, se serre. Réveil – hors d'haleine, visage ruisselant, bras tendus, poitrine (froide), ne pas regarder ; on lève les yeux, l'ampoule brille d'un éclat étrange. Il fait nuit.

Dans l'étouffement, *quod erat demonstrandum.*

•

Le Responsable des risques a l'air un peu ridicule, assis en face de moi. En polo, avec des lunettes de soleil dans ses cheveux ébouriffés. Sans les bleus, les gris, les blancs bien repassés de sa garde-robe professionnelle, ce n'est qu'un homme d'âge moyen comme un autre. Le corps mou, ridé. Rach ne sourit pas, elle mélange son virgin Mojito avec une paille en carton qui pique un peu du nez. Leur chien lape de l'eau dans une assiette, sous notre table. J'ignore pourquoi le restaurant autorise ce genre de choses.

Ça dure depuis plus longtemps que Rach ne l'avait prévu. Du flirt à la liaison jusqu'aux cachotteries pénibles avec l'épouse ; en fin de compte, une séparation ; et maintenant, cette tentative tacite, hésitante, de vie commune. Chien à deux. Et brunch.

Rach a choisi. Moi, pourquoi je n'y arrive pas ?

C'est une opportunité, c'est ma chance. De cesser l'infinie ascension. De laisser ma famille à l'abri. Et tout le reste derrière moi. De *transcender*.

Pourquoi pas ?

Et pourquoi dois-je convaincre ce médecin – ou qui que ce soit ? Je me suis décidée. Je veux le hurler ! Ma vie. Mon choix. Et je l'ai fait. J'ai choisi.

•

Je regarde mon manteau ; le Lyocell terne est doux et hors de prix sous mes doigts. Il me va. Il est parfait pour pénétrer ce bâtiment tranquille, dans cette rue verdoyante, à l'architecture notable ; pour monter dans la salle d'attente très chic puis passer dans la salle de consultation ensoleillée. M'installer face à cette doctoresse élégante. J'ai gagné à l'huile de coude ce manteau et cette doctoresse et cette vie et, à présent, ce choix.

Elle parle encore. Explique. Affirme, affirme, affirme, affirme…

Non.

Ma voix est ferme. Je dis que ma décision est prise.

•

Sois la meilleure. Travaille plus, travaille mieux. Dépasse toutes les attentes. Mais aussi, sois invisible, imperceptible. Ne mets personne mal à l'aise. Ne gêne personne. N'existe qu'au négatif, dans l'espace alentour. Ne t'insère pas dans le courant de l'Histoire. *Ne te fais pas remarquer. Deviens de l'air.*

Ouvre les yeux.

•

Deux sœurs :

L'une, de quatre ans la cadette, veut tout faire comme son aînée. Utiliser les mêmes couverts, porter les mêmes habits. Aller dans la même école, la même université. Et maintenant, elle travaille dans une boîte qui se trouve dans la même rue. Les sœurs se retrouvent pour déjeuner. La plus jeune se précipite sur la même voie et son aînée ne peut ni l'arrêter ni la retenir. Elle ne peut pas la libérer de cette course sans fin, accablante.

•

Une sonnerie. Il est déjà à la gare.

J'arrive, je réponds.

TRANSCENDANCE
(GARDEN-PARTY)

Merci, dit-il dans le silence brutal du moteur qu'il coupe. Il a baissé les yeux sur le volant. Nous sommes garés dans l'allée de gravier, devant la maison de ses parents. Au-delà, de l'autre côté de la pelouse, quelques fenêtres luisent, orange, dans la nuit.

Il dit qu'il est content que je sois venue. Avec la biopsie, tout ça – il s'interrompt, se tourne vers moi. Dans la pénombre, je vois ses traits empreints de gravité. Ses yeux sont des ombres obscures.

« Je suis juste content que tu n'aies rien », dit-il. Puis il se penche, m'embrasse sur la joue.

Dehors, tout est calme, d'une immobilité qui m'oppresse. La grille en fer forgé s'est refermée, une grimace close. Des lampadaires miniatures projettent d'étroits cônes de lumière jaune, éclairant le chemin qui mène à la maison. Les parents nous accueillent à la porte. Helen et George – par leur prénom, ils ont insisté – me poussent à l'intérieur. Une banquette au-dessus du radiateur occupe un pan de leur vaste entrée. Tout sourires, proches, accueillants. La mère, Helen, frictionne l'épaule de son fils.

Ils me guident sur le côté, dans une pièce agréable, toute tapissée, où crépite un feu de cheminée. Asseyez-vous où vous voulez, ils désignent l'arrangement de canapés et de fauteuils. Et je m'assois près du feu, sur un deux-places à fleurs fatigué. Le père ouvre un meuble et tend une main arachnéenne entre les rangées de verres et de bouteilles. Leur fils choisit un fauteuil de lecture, en face de moi, s'y installe et croise les chevilles. Son corps se déploie et se tord comme il se laisse aller à un grand étirement, il bâille, poings fermés, bras tendus, finissant dans un lent rugissement mélancolique.

« Alors, fait le père en servant les verres. Dites-moi comment vous avez fini dans la finance. Pourquoi n'êtes-vous pas en train de secouer ce vieux Parti travailliste ? » Petit clin d'œil. « Pour instaurer un nouvel ordre mondial.

— C'est plutôt Tony Blair, son truc à elle, dit le fils.

— Aha… » Le père me regarde, intrigué, mais la mère l'interrompt, doucement réprobatrice.

« Parler de politique, à cette heure-ci ? » Elle me sourit.

Le père continue à verser.

« D'accord, d'accord, dit-il, d'humeur chaleureuse. Un autre sujet ! »

Il replace la carafe, puis s'assied face à moi aux côtés de sa femme et de leur fils, à présent vautré dans son fauteuil, verre à la main. J'ai trop chaud, installée si près des flammes qui vacillent avec élégance.

« Du gaz ! sourit le père. Vous aviez remarqué ? Je sais, c'est de la triche, je sais. »

Il me parle de la cheminée, de la restauration délicate de son manteau, quelques années plus tôt. Son fils renchérit. La mère aussi. Ils parlent tous et moi j'observe. Principalement – je ne dis rien, j'ai de l'expérience en la matière. J'écoute, je réagis, je pose une question de temps en temps. Ils énumèrent une partie des invités du lendemain, des amis de la famille – des profils politiques, bien entendu, mais aussi des créatifs, des universitaires, des avocats, etc. Un étalage discrètement impressionnant.

Qu'est-ce que je fais là ?

Depuis la descente du train, j'éprouve un sentiment d'inévitabilité épouvantable. Comme s'il était impossible de faire demi-tour. Mais je suis fascinée, aussi. Des George, j'en ai déjà rencontré, plein, sous les divers masques, les divers rôles qu'ils endossent. J'ai observé, par le passé, examiné, tiré des conclusions, mais me voici face à l'un d'eux, dans son milieu naturel. Avec sa femme et son fils. Je ne veux rien avoir à faire avec ça. Je veux attraper cette chose, lui empoigner la face, lui faire ouvrir la bouche, forcer les mâchoires pour aller chercher plus loin, plus profond. Toucher ce qu'il y a à l'intérieur.

Le fils s'enquiert de ses frères et sœurs, vont-ils se joindre à nous ?

« Ellie est déjà en haut, dit la mère. C'est qu'il est tard. »

Mais le père a encore des questions. Exalté, sans jamais quitter mon regard, il veut mon avis sur tout. *L'île de la tentation* ? Cambridge ? Les armes blanches, les BRICS, les investissements chinois en Afrique ?

Les questions ne sont pas tant des questions que des traités, formulés avec recherche.

« Mais on ne peut pas pour autant laisser faire sans intervenir ! » Il finit son verre, qu'il repose bruyamment une fois vide. « Si ? »

Le fils prend ses aises, les yeux fermés. Je suis gênée, trop fatiguée pour une conversation socratique de cette trempe.

« Bon, et à propos de – ah, oui. Ça, c'est bien. Ça va plaire à tout le monde. Le bébé royal ? Meghan Markle ? Si c'est pas le progrès, ça. La modernisation. Inspirant. »

Leur fils, lui aussi, était très enthousiaste à propos de ce mariage. Il avait organisé un barbecue, avec des banderoles Union Jack, avait acheté à boire et invité quelques amis. Ils avaient suivi le direct de la BBC, l'œil naïf et le sourire narquois. Pour lui, et eux, cela semblait signifier – quelque chose. Son regard croise le mien, de l'autre côté de la cheminée.

« Inspirant », j'opine.

Quand on prend enfin congé, le fils insiste pour une petite visite impromptue de la maison, en chemin vers sa chambre. C'est un guide enthousiaste, qui tourne les boutons de porte en laiton avec force effets de manche. *Après vous...* Sur le trajet, il invente des anecdotes invraisemblables sur l'histoire de la propriété, à moins qu'il ne se remémore, avec tendresse, des souvenirs d'enfance. Ici, on jouait à une sorte de cache-cache ; et dans ce coffre, là, on avait planqué un vase cassé. Les pièces sont telles que je les imaginais : architecture imposante, maquillée en tohu-bohu rural, chic et bohème. Ce qui m'impressionne surtout, ce sont les couloirs ; ils sont spacieux

– interminables, dirait-on – avec des moulures recherchées, là où commence enfin le plafond. Si la moquette à motifs a vécu, elle reste vive et bien entretenue. Parfaitement posée dans les coins, les escaliers, sur les pas de porte. Il s'arrête devant moi, veut m'en mettre plein les yeux avec la bibliothèque. Je le rattrape sans me presser, m'interrompant pour admirer les œuvres d'art ici et là, comme si j'étais dans une galerie. La collection est éclectique ; des tirages aux cadres joyeux (affiches d'exposition, classiques) et des photographies sont accrochés près d'originaux à l'air sérieux, posés, montés et encadrés avec soin. Et quelques-uns dont je devine qu'ils ont été peints par les enfants eux-mêmes.

Il dit que la bibliothèque était sa pièce préférée, quand il était petit. Même s'il admet que c'est plutôt une espèce de grande étude.

« Avec un paquet de livres ! »

Certains, souligne-t-il, sont de son père. D'autres, plus anciens, se rapportent à des individus qui appartiennent, de près ou de loin, à son arbre généalogique ancestral, méticuleusement bien documenté. Deux ou trois, plus récents, font référence au père – même si c'est en diagonale. D'autres ne sont que des livres.

« Mon père s'est fait un nom dans cette pièce », dit-il. La réplique semble répétée. Son père avait lancé un think tank conservateur, avant de devenir conseiller d'hommes politiques. Des noms de plus en plus importants, qui ont transformé le sien en sésame, en symbole de l'influence politique occulte. Qui sait ce qui est vrai, là-dedans ? Je n'ai aucune façon de vérifier les anecdotes grandioses du père. Néanmoins, ces ombres pèsent sur le fils. Il les poursuit. Mais ne préférerait-il pas se consacrer à autre chose ?

« Qu'est-ce qu'il y a de plus important ? » demande-t-il. De l'irritation, ou peut-être de la colère, soudain dans le regard. Il s'appuie contre le bureau, colle ses bras sur sa poitrine. Déclare qu'il aimerait être comme moi. Prendre un job sans âme à la City, se faire une *putain de tonne de blé*. Mais tout ça – il désigne d'un geste téléphoné les rayonnages qui sentent le renfermé, derrière lui – ça exige davantage de lui. Il a un héritage à perpétuer. C'est plus fort que lui, dit-il. C'est plus fort que lui, il doit laisser son empreinte en ce monde ! C'est comme ça qu'il a été élevé. Il s'autorise un gloussement amer après ce dernier trait d'esprit.

Il est tard. On devrait se coucher.

Il me dit que c'est facile de me parler. Que nous sommes honnêtes l'un envers l'autre. Il dit qu'il aime ça, chez moi. Ok, fait-il. Il va me dire un truc. Un truc honnête. Un truc qu'il n'a jamais dit à qui que ce soit. Il tient un – non, pas un journal, plutôt un genre de biographie. Il écrit sans cesse, lui donne forme. Son histoire, sa vie, il les réécrit encore et encore, en esprit. Tout ce qu'il fait, avant de le faire, il le mesure à l'aune de ces pages. Est-ce que ça cadre, est-ce que c'est à la hauteur ? Est-ce que ça aurait sa place sur ces étagères ? Il lui faut un oui, sans quoi il s'abstient.

C'est sa façon de vivre, dit-il.

Je ne vois pas grand-chose dans l'obscurité superficielle de sa chambre. Étrange, de m'être aventurée dans cet endroit qui l'a formé, il y a des années de ça. Je distingue la silhouette massive d'une bibliothèque, bien remplie, sérieuse, ses lectures d'adolescent. Quelques étoiles vaguement phosphorescentes au plafond.

À mes côtés, endormi, il est aussi informe que de l'eau. Les anxiétés du jour ne le perturbent en rien. Sa respiration est régulière. Avec lui, je suis devenue plus tolérable aux Lou et aux Merrick de ce monde. Que lui m'accepte les encourage à en faire autant. Sa présence témoigne en ma faveur, leur assure que je suis le genre de diversité qu'il faut. En retour, je lui offre une certaine crédibilité progressiste. J'efface en partie ses casseroles politiques de fils de bonne, de très bonne famille. Je consolide sa position, à gauche du centre.

Je mets mon téléphone sur silencieux. Peut-être qu'il n'admettrait pas combien notre union est pragmatique – comme je le fais moi, comme le ferait Rach. Et, certainement, son père. Mais c'est là. Dans son autobiographie imaginaire, cette relation se verra en fin de compte résumée en une phrase – deux, peut-être. Une mince preuve de son ouverture d'esprit, de son goût pour les échanges culturels.

Tout est affaire de troc.

Lou apparaît sur mon écran. L'assistante personnelle est off, dit son email, et il nous faut des vols lundi matin pour New York. Merrick nous veut sur site. Je ferme les yeux – expire –, je vois ce que ça implique. J'ai envie de lui dire non, de lui dire d'acheter son propre putain de billet. L'écho visuel rectangulaire de l'écran demeure, lumineux sur ma paupière interne. Ce n'est pas le moment de me montrer difficile, je le sais, et je vais devoir effectuer ma propre réservation de toute façon (inspire). Une de plus, qu'est-ce que ça peut bien faire ? Il a ajouté son numéro de passeport, la date d'expiration et un smiley à la fin.

Expire,

inspire.

C'est fait, je réponds ensuite. 7 h 35. LHR. Carte d'embarquement en pièce jointe.

Je suis sur le point de faire défiler les messages, de descendre jusqu'au nom de ma sœur, qui m'a envoyé un lien hier, pour un spectacle qu'on voulait voir toutes les deux. Mais je laisse l'écran s'obscurcir puis s'éteindre.

Sans la lueur du téléphone, l'obscurité est parfaite. Mes yeux s'y font avec lenteur. Le calme, ici, est absolu. Je ne me sens pas observée. Même si je sais ce qui va suivre, et ce qu'on attend de moi, à la fête du lendemain. Je comprends la fonction que je dois remplir. Une promesse d'affranchissement, d'appartenance, oui. Un sommet narratif, dans le récit de mon ascension sociale. Bien sûr, eux – la famille, et même les invités – savaient que je ne pourrais refuser pareille invitation.

On m'aura à l'œil, c'est le prix pour en être. Ils voudront voir comment je réagis à leur abondance : réserve polie, indignation dissimulée et, en dessous, la faim, une vile avidité. Ce rôle, je dois le tenir en conservant un vernis cool, d'argent fraîchement gagné ; en me fendant de traits d'esprit féroces devant les petits-fours. C'est une version fictive de celle que je suis, mais mon implication transforme cette fiction en vérité. Mes pensées, mes idées – et même mon identité – ne peuvent exister qu'en réaction aux mots, aux actes des invités. Articulées en fonction de leur forme, de leur périmètre à eux. Renforçant leur individualité, et la centralité de celle-ci par rapport à la mienne. Quel autre moyen auraient-ils d'être certains de ce qu'ils sont, de ce qu'ils ne sont pas ? Pour délimiter tout ça il faut une silhouette, nette et noire.

« Quelle jolie robe. »

La mère me regarde, elle est à l'autre bout de la cuisine. Nous baignons dans une lumière douce. Une vaste porte-fenêtre, ouverte, donne sur un grand jardin, l'air frais du matin souffle sur nous. Plus loin, quatre hommes en uniforme blanc quelconque inspectent des zones du jardin. Piquets métalliques, piles de tissus blancs, rouleaux de cordes sont disposés alentour. Ils ne nous regardent pas.

La mère prend une tasse dans une armoire, la remplit en inclinant une théière qui fume doucement. Elle la glisse sur le plan de travail, vers moi.

« Du romarin du jardin. »

J'ai la chair de poule en touchant les flancs chauds de la tasse. Elle dresse le détail de la journée. Informel, insiste-t-elle. Un buffet, un peu de musique.

« C'est la tente, ils sont en train de la dresser. » Elle fait un signe de tête en direction des hommes. « Christine – notre traiteur – nous l'a recommandée. On ne peut pas savoir si ce beau temps va tenir ! »

Elle s'approche un peu de moi, regarde le jardin.

Ça va être une sacrée fête.

« Oui, on voulait marquer le coup, c'est vrai. Quarante ans. Mais c'est surtout un bon prétexte pour rassembler tout le monde. La famille, les amis de la famille. » Elle me sourit de nouveau, de la bienveillance dans les sourcils. Son visage est carré, à peine ridé, et adouci par un duvet pâle, de pêche.

« C'est merveilleux que vous soyez des nôtres », dit-elle.

Ouverte ainsi, la cuisine est grande, illimitée : tout le jardin, les collines au loin, même le ciel pâle est à portée de main. Le sol est carrelé d'ardoise, avec un grand piano central, incluant un plan de cuisson. Sur le mur du fond, sur des étagères en chêne, des verres, des assiettes décoratives à l'ancienne. Le fils est encore à l'étage, il dort. J'aurais sans doute dû rester dans la chambre pour lire, ou allongée près de lui, à attendre.

« Un toast ? »

Elle dispose quatre tranches dans le grille-pain et presse le bouton. Beurre de cacahuètes, *Marmite*, confiture – en les nommant, elle pose les pots sur le plan de travail, près de nos tasses. Je louche sur les étiquettes manuscrites, puis je choisis quelque chose qui ressemble à de l'abricot. Elle dispose les toasts sur des assiettes. Elle est efficace avec son couteau à bout rond, étalant parfaitement le beurre sur la surface noircie. Comme un moine qui refuse d'apprécier les rituels, de succomber au moindre excès. Et pourtant, elle prend une bouchée, mastique. Et ses yeux se ferment, comme pour exacerber son goût, son odorat. Je la regarde déglutir. Puis prendre une gorgée de thé. Nouvelle bouchée. Elle mastique. Déglutit.

Tout semble suspendu.

La mère, qui n'a pas conscience de ce ralentissement soudain de notre temps, prend une nouvelle bouchée. Sa mâchoire mouline en rythme, se noue, s'allonge ; les tendons saillent, crispés, se devinent derrière l'oreille, se perdent dans les mèches grisonnantes. Près de la tempe, un os ou un cartilage ou autre chose de dur en elle forme une protubérance, affleure sous la peau blanche, tirée. Tout le côté de son visage est occupé à cette action mécanique complexe jusqu'au moment décisif où la peau pendante du cou se contracte de façon reconnaissable et le toast mâché-détrempé, la salive et le beurre, désormais pâteux, descendent ; sont forcés à descendre dans l'œsophage qui pulse, et sont avalés.

Elle porte la tasse à ses lèvres, boit.

Crissements du métal comme les hommes emboîtent les piquets, dessinant des figures abstraites. Émoussés, terreux : coups et grognements résonnent tandis qu'ils fixent la structure à la pelouse. La mère fait un rond avec les lèvres – oo – et tend l'oreille. Combien de temps va-t-il falloir à l'herbe pour s'en remettre ? De ces poteaux et de ces piquets qu'on y enfonce à coups de marteau. Et bientôt, les invités ; leurs corps pressant le gazon, leurs talons le poignardant durant ces déambulations et piétinements.

« Ellie va bientôt descendre, dit la mère. Pour m'aider avec tout ça. »

Elle fait un signe de main en direction de la scène qui s'active devant nous. Quelques personnes supplémentaires, les employés du traiteur, deviné-je, transportent des caisses, des chaises ou des bouquets à longues tiges, qui arrivent d'un endroit sur la gauche.

« Oh, non, fait-elle, quand je propose mon aide. Ellie arrive. »

Elle fait tomber les miettes de sa main sur l'assiette vide et me parle d'une amie de son fils, une ancienne amoureuse, à vrai dire. Mais c'est du passé, tout ça, affirme-t-elle. Je n'ai pas à m'en faire. Quand même, dit-elle, cette amie passe souvent un peu plus tôt, lors de pareilles occasions, pour donner un coup de main.

« Je croule sous l'aide », dit-elle avec un geste feignant l'exaspération.

J'imite l'amusement de la mère, je reconnais sa diction chevronnée ; la façon réfléchie qu'elle a de former ses consonnes autour de voyelles plus lourdes. Elle est entièrement illuminée, à cet instant, là, dans son incroyable cuisine. Puis elle débarrasse les assiettes, et nous retournons à notre petite pantomime, l'hôtesse et l'invitée. On parle de tout et de rien, distraites, jusqu'à ce que j'entende enfin les roucoulements du bébé qui approche avec Ellie, comme promis. Ellie répond d'un ton neutre aux bruits ambigus du bébé, telle une conversation réelle, et pénible. Animée – elle me fait un petit salut du bout des doigts, sur quoi la mère et la fille se blottissent pour parler logistique. Où garer les voitures, à quelle heure accueillir les musiciens – des choses dont je suppose qu'elles ont été vues et décidées il y a des semaines de ça. Le bébé me tend les mains, s'agite, se penche, frétille pour échapper aux bras de la fille. Elle le dépose dans une chaise haute – stylée, en noyer. Il projette, puis balance, ses petits pieds. De nouveau, ses mains se tendent vers moi.

C'est comme si la mère me touchait, son regard écœurant, soyeux comme de la toile d'araignée sur ma peau. Je me tourne pour les regarder toutes les deux, la mère et la fille. Le visage de l'aînée s'étire en un nouveau sourire.

« Toutes ces histoires d'organisation, dit-elle, ça doit vous ennuyer à périr. » Avant que je puisse répondre, elle me désigne la solution : une promenade dans le jardin.

« L'air frais est si vivifiant », dit-elle.

Aussi traversé-je la cuisine pour sortir dans le jardin, en prenant soin de ne pas gêner le personnel qui installe tables et décorations. La pelouse s'étend dans toutes les directions en éruptions géométriques de fleurs et de feuillages. Plus loin, des marches en pierre mènent à une fontaine moussue, bordée de haies. Des fleurs, encore. Tout est joliment cultivé, avec un zeste de négligence qui donne au jardin un air un peu sauvage. Lequel a, je présume, nécessité un travail attentif. Je me retourne vers la maison, cette splendeur majestueuse, de lierre couverte. Un vrai manoir. *Le vent dans les saules* – mon cadre de référence enfantin, embarrassant, me surprend. Mais c'est vrai que l'endroit ressemble aux aquarelles délicates, tentaculaires, de mon enfance. Dans lesquelles, qui sait comment, je suis entrée. Me voici, à l'intérieur.

Hé, là, jolie ptite dame.

L'un des ouvriers, une grande table pliante sous le bras, m'interpelle à quelques mètres de là. Quand je le regarde, il s'arrête, pose la table, s'y appuie.

Ma jolie ptite dame, tu trouves ça juste ? Que toi tu te balades au soleil pendant que je trime, hein ? Non mais quel monde !

Sa voix, chantante, est acerbe. Il est plus âgé que moi – il frise peut-être la cinquantaine. Des mèches de cheveux humides sont collées à son front, même quand il secoue la tête.

Je me demande à qui d'autre, dans cette maisonnée, il sortirait une chose pareille ? Dans la hiérarchie sociale qu'il affectionne, dans ce qu'il entend par « juste », qui a le droit de marcher, de respirer, de profiter du samedi ? Il a des poches bleuâtres sous les yeux, des bajoues prononcées. Tout son corps s'avachit tandis qu'il attend la réponse. Je me rends compte qu'il me dégoûte. Sa colère impuissante, son besoin de s'affirmer – de me dire à qui, selon lui, ce monde appartient. Je me détourne, me dirige vers les marches à l'arrière du jardin.

Ma ptite dame ? appelle-t-il. *Je plaisante*, ma jolie ptite dame, reviens !

Je marche jusqu'à ce que je n'entende plus son rire.

Il fait plus frais près de la fontaine. Quelques gros poissons orange argenté tournent dans le bassin. Je les regarde filer entre les rochers, disparaître et apparaître, miroiter dans la lumière réfractée, arc-en-ciel. *Il s'agit de convaincre le plus inférieur des Blancs*… Lyndon B. Johnson avait posé le bon diagnostic : de l'importance de disposer d'un autre, de couleur, pour apaiser son peuple. J'ai observé avec une curiosité impartiale ce continent s'en prendre à lui-même : désorienté, perdu, malade de nostalgie, soupirant après son heure de gloire impérialiste – quand *les autres* étaient si précisément définis ! C'est évident à présent, de façon rétrospective, autant que l'irrationalité de la racine carrée de deux : ces superpuissances mondiales ne sont ni infaillibles ni supérieures. Elles ne sont rien, sans un ordre de relativité brutalement imposé. Une brutalité organisée, systématique, que leurs enfants mous, flasques, ne peuvent digérer – refusent même de reconnaître. Tout en s'y accrochant comme à une vérité. Il n'y a jamais eu d'absolu, de décret divin. Juste de la chance, arbitraire, visqueuse. Et qui s'aggrave[1].

1. C'est remarquable, même
dans la privauté avouée de mes propres pensées
je me sens
(toujours)
tenue
de me restreindre.

Je sors en soulevant le loquet rouillé pour fermer la barrière après moi. Même à sa bordure, de l'endroit où je me trouve, la maison semble déjà lointaine. Je ne suis pas une grande randonneuse, mais là, maintenant, c'est la seule chose que je désire. Marcher. Au-delà, même, de leur vaste jardin. Je veux de la distance. Je réfléchis. Les collines. À monter, à gravir.

J'y vais.

Ça s'étend, a dit la doctoresse quand je lui ai demandé de quelle façon c'était en train de me tuer. Elle a expliqué les phases. Si je laissais traîner trop longtemps, si je laissais s'étendre trop loin, il serait impossible de survivre aux dommages. Métastase : ça se répand dans le sang pour toucher d'autres organes, ça croît de façon incontrôlable, le corps est dépassé.

Elle dégage une présence physique, élémentaire, la richesse de cette famille. La maison, le domaine, le personnel, les œuvres d'art – ce sont des choses que ses membres peuvent toucher, habiter, dans lesquelles ils peuvent vivre. Et la généalogie familiale ; tous les documents, les photographies. Les livres ! Une histoire, soigneusement organisée. Je presse la paume contre l'écorce rugueuse d'un tronc, je regarde les branches, là-haut. Frais, feuillu, l'air ici a le goût du possible. Imaginez-vous grandir ici. Le fils, bien sûr, affirme que ce qu'il y a de meilleur au monde est gratuit. Tout ça, ça l'était, ça l'est, gratuit – pour lui. Les petits écoliers d'ici n'ont pas besoin de la motivation artificielle que je pourrais leur donner. Ils prennent des risques, poursuivent leurs rêves, se hasardent à monter sur la branche la plus haute, la plus lointaine. Ils se lancent – sachant que le sol en dessous d'eux est fait de terre, d'herbe douce, de pissenlits.

Je peux même comprendre Lou, face à tout ceci. Il se voit comme l'opprimé, il croit au conte de fées qu'il se raconte, *aux obstacles dont il a triomphé* ; partir de Bedford pour parvenir au milieu de la hiérarchie d'entreprise, s'offrir un trois-quatre pièces, deux salles de bains, dans le nord du grand Londres. Lou va bien s'en tirer, je pense. Il va l'avoir, tout ça. Il va s'agrandir une fois, puis deux, dans pas trop longtemps. Un peu de lèche où il faut, la promotion viendra, puis l'invitation au ski, puis des costumes plus chics. Il va évoluer. Jusqu'au moment où il va se liquéfier, se fondre dans le décor. C'est tout ce que connaîtront ses enfants, en grandissant. Et ils croiront que c'est gratuit.

La réponse : l'assimilation. Toujours, cette pression, pile à cet endroit. *Assimilez-vous, assimilez-vous*… Dissolvez-vous dans le melting-pot. Puis coulez-vous dans le moule. Pliez vos os jusqu'à ce qu'ils craquent, se fendent, jusqu'à ce que ça rentre. Forcez-vous à épouser leur forme. *Assimilez-vous*, voilà à quoi ils exhortent, à quoi ils encouragent. Puis ils froncent les sourcils. Encore. Et encore. Et toujours, en ligne de basse, sous le vocabulaire insistant de la tolérance et de la convivialité – disparaissez ! Fondez-vous dans la soupe multiculturelle de Londres. Pas comme Lou. Pas ici. Pas comme ça.

J'ai vécu toute ma vie avec l'idée que, face à un problème, il me fallait travailler, trouver une façon de le surmonter ; soit faire avec ; soit créer une nouvelle voie pour le contourner ; creuser un tunnel en dessous, si nécessaire. C'est ma préparation à moi. C'est comme ça qu'on se prépare, nous, qu'on apprend à nos enfants comment négocier cette course faite d'obstacles perpétuels. *Travaillez deux fois plus. Soyez doublement meilleurs.* Et toujours, assimilez-vous.

Parce qu'ils (nous) surveillent. On leur apprend à le faire, dès l'école. On leur apprend à considérer nos corps (nos êtres) comme des objets. On leur apprend, en guise de géographie, la fracture entre pays développés et pays émergents – aussi incontestable que les montagnes, les océans, les autres phénomènes naturels. Sans « pourquoi », sans « parce que », sans que les flèches impitoyables de l'impérialisme européen traversent le planisphère. Les bases fondamentales : corps (noirs) sans visage, sans identité, exhibés, entassés, enchaînés, côte à côte, tête-bêche, dans un navire tracé à l'encre. Des conditions qui seraient indignes d'animaux. À perpétuité, on leur montre ces images, encore et encore, dans les salles de classe. Jusqu'à en faire un axiome ; une ligne continue qui va des objets,

à nous.

Et ensuite, ils regardent :

Fig. 1

Il ne s'en cache pas. Il se tient là, jambes écartées, en chaussures à semelle de gomme, en costume bon marché. Il regarde. Juste là, à deux mètres. Ses yeux, impatients, rivés sur ton corps, ses doigts qui tapotent contre un émetteur-récepteur. Le bruit de fond assourdissant de sa méfiance s'amplifie tandis qu'il te suit dans les allées. Il reste quelques pas derrière toi, où que tu ailles. Tes mouvements sont calmes, délibérés, mais tu sens ton pouls qui bat, là, dans ton cou. Tu devrais le regarder bien en face. L'affronter. Exiger une explication, au moins. Mais tu ne le peux pas.

Tu sais que tu ne le peux pas.

Une vibration dans ton sac te fait sursauter. Tu hésites, sur le point de l'ignorer. Puis tu te ravises. Tu dis, allez, quoi, et tu cherches le téléphone. Tu sens l'électricité statique de ton attention descendre le long de ton cou, de ton bras, dans ta paume et tes doigts qui se referment sur le plastique lisse, le pouce glisse vers le haut.

Allô ? fait une voix désincarnée.

Il regarde, regarde-regarde.

Fig. 2

Devant le petit magasin du coin, en face de ton bahut, il y avait souvent des filles qui faisaient la queue. Un vendeur – qui s'improvise videur pour la ruée à la sortie des classes – se tenait à la porte. On entre par deux, on fait la queue, une entrée pour une sortie, intonait-il, comme s'il récitait un texte sacré.

Mais ensuite, d'un geste, il faisait entrer deux ou trois filles qui grillaient ainsi la file d'attente. Des filles aux lèvres cerise, cils noirs en paquets, cheveux blonds tombant en boucles molles sur les épaules ; elles, il les faisait entrer. Puis il jetait un regard noir à la queue, on attend en silence, disait-il.

Fig. 3

New York dimanche soir, Londres samedi matin. Tu fais l'aller-retour régulièrement pour le travail. Mais l'agent au sol t'arrête. À Heathrow, le dimanche après-midi, l'agent au sol se jette en travers de ta route avant que tu n'arrives au comptoir business. Pose une main ferme sur ton bras. Les doigts de l'agent – qui sait ce qu'ils ont touché d'autre ? – pressent la douce laine grise de ton manteau. Tu baisses les yeux vers cette main posée sur ton corps ; la saleté sous les ongles, les poils pâles sur la peau moite. Puis celui à qui elle appartient, l'agent, désigne quelque chose et dit, très fort, comme si tu n'allais pas comprendre : le check-in classe éco c'est là-bas.

L'agent au sol refuse de regarder ton billet, non, il te dirige d'un signe de main vers la longue queue qui zigzague entre des cordons jusqu'au check-in éco. L'agent dit : Oui, c'est votre file, là-bas.

Fig. 4

En rentrant à l'université depuis la bibliothèque, un soir, tu les vois, groupés sur le pont. Visages éclairés d'un vert maladif par leur téléphone. Deux sont à vélo, une fille se penche sur le côté, crache dans le fleuve en contrebas. Les discussions ralentissent à ton approche, ils pivotent, fixent leur attention sur

tu gardes le rythme. Pied gauche, pied droit. Tête baissée, tu avances. Rebrousser chemin, c'est impossible, aller de l'avant aussi ; rends-toi bien compte. Il n'y a que la traversée, interminable, du sur-place. Cet environnement hostile. Cette vie hostile. Et puis, ce mot – ce sésame qui confère même à des gamins, sur un pont, la richesse et la stature de ce grand empire britannique ; son architecture, ses murailles, ses statues qui, magnifiques, se dressent partout – ce mot que la fille qui crache te crache, à toi, avant de postillonner de nouveau entre ses dents. Ça entame le silence, pas l'eau, cette fois

ils rient et tu les dépasses et tu ne te retournes pas, tu te contentes d'avancer, en ignorant derrière toi le bruit des pédales qui tournent, bobinent à toute allure sur les vélos

ne regarde pas

La doctoresse a dit que je ne comprenais pas –

Je me rappelle Lou, qui mangeait son déjeuner à son bureau tandis que la mort de Philando Castile défilait entre les paragraphes sur son écran. Il tenait son burrito devant sa bouche et rattrapait des haricots rouges du bout de la langue, en dépliant le papier d'alu sur la tortilla tendre. La doctoresse a dit que je ne comprenais pas, que je ne connaissais pas cette douleur-là ; celle d'un cancer non traité. Je regretterai de ne pas avoir agi plus tôt, dit-elle. La douleur, je répète. Malignité de l'intention. Assimilation – radiation, rayons. Chairs consumées, ravagées par des yeux cannibales. La vidéo, comme le burrito, est terminée. La main collante de Lou saisit la souris et ferme l'onglet.

(comprenez : le désir est de consommer votre souffrance, de se divertir de son délicieux frisson, celui qui vous hérisse le poil ; cette souffrance qui réaffirme tout ce qu'ils tiennent comme vérité supérieure / qui secoue et électrise et gratte la gorge alors qu'ils la gobent tout entière / cette même satisfaction qu'il y a à tirer sur un fil, tirer, tout effilocher, tout défaire)

Je marche et sous mes pas, les craquements, les bruissements ne sont plus que des murmures cendrés ; une apesanteur, une démarche légère. Je suis perdue, à la fois littéralement et de façon plus vaste et plus abstraite, dans ce récit. En me retournant j'aperçois toujours, en contrebas, la maison : hautes briques rouges, derrière une grande tente blanche. On dirait que cette maison, cette tente et la distance sont tout ce qu'il reste à présent. Pourquoi faire ce que je fais ? J'ai réduit le fils, sa famille et leur foyer à quelques moments choisis, quelques scènes, quelques esquisses. Rapiécées à partir des paroles, des actions d'autrui. De gens, d'individus réels, complexes. *Transcendance.* Je les brandis dans ma déambulation, celle qui me mène à ces plans métaphoriques, pas encore conquis. Où nous pouvons jouer la comédie de ceux que nous sommes les uns pour les autres, en termes simplifiés. En d'autres mots, je pense. La mère a raison, l'air est vivifiant.

Pourtant, je reste là, physiquement. Et je ne me sens pas en sécurité. Ma présence perturbe collègues, inconnus, connaissances ; même mes amis. Oui, j'ai senti l'écume indignée de ce confrère, lorsqu'il déclare-profère le fond de sa pensée sur l'*affirmative action. Putain de quotas.* Même Rach, sa main douce sur mon épaule lorsqu'elle déclare qu'elle comprend, bien sûr. Elle comprend, mais ça reste dur, tu vois ? Comme s'il ne suffisait plus d'être une femme.

Même si ces collines sont désertes, que je peux les arpenter à volonté, la même menace persiste, la même impulsion. Protéger ces lieux, les protéger de moi. À tout moment, l'un d'eux peut se matérialiser, peut exiger de savoir qui je suis, ce que je fais.

Qui m'en a donné la permission ?

Le fils – il adore ces histoires où des types monstrueux font des choses hideuses dans des bureaux rutilants, des restaurants étoilés. En bon voyeur, il se délecte de souffrances et de luttes légitimes, avant le triomphe final. Après, il sourit, me serre la main, se détend. Rassuré par sa participation à la paix, au happy end. À la solution.

Il me présente ses amis politiques de tous bords. Des conservateurs qui poussent des ooh et des aah et qui hochent la tête en me disant que je suis la définition même de notre pays. Et je parle si bien ! Des progressistes qui, sourcils froncés, n'y vont pas par quatre chemins : ma carrière, immorale, dessert ma communauté. Je le vois, ça, quand même ? La question première, c'est la pauvreté, pas la race. Leurs visages sérieux se penchent pour évaluer mon niveau d'entendement, de compréhension quant à mon rôle dans cette société. Ils se répandent en métaphores, bateaux, marées, et justice déferlante. Nulle réparation – non, même le socialisme ne va pas jusque-là. Même si certains proposent, de fait, un ruissellement assez capitaliste, partant de la Grande-Bretagne pour atteindre ses petits camarades à la traîne du Commonwealth. Via la générosité économique : le commerce et les bonnes relations ! Le leadership global. Les centristes opinent. Le fils opine aussi. Voilà un point sur lequel tous s'entendent.

Ils le prennent au sérieux, ce fardeau moderne : en parlent devant des burgers végétariens et des frites épaisses noyées dans l'huile de truffe.

Cf. bell hooks : *We must engage decolonization as a critical practice if we are to have meaningful chances of survival…*

oui, oui ! Mais j'ignore comment faire. Comment examine-t-on l'héritage de la colonisation, quand les faits les plus élémentaires de sa mise en œuvre demeurent contestés dans l'esprit de ceux qui en bénéficient ? Y compris ce qui n'a pas été brûlé dans les années 1960 – par les autorités britanniques, durant la destruction massive, acharnée, de documents officiels. *Operation Legacy*, pour épargner à la Reine un moment d'embarras. Mais l'acte le plus insidieux, quoique moins sensationnel, est celui qui a eu le plus d'impact : le recours aux suppressions délibérées, aux faux-fuyants, pour maquiller l'histoire nationale. Détruisant ainsi davantage que des registres. L'effacement lui-même était effacé.

Avec une facilité vertigineuse, les faits de l'histoire non militaire de la Grande-Bretagne au vingtième siècle ont été déracinés, expurgés de la mémoire collective du pays. Supplantés. De vagues contes de fées vantant la bienveillance impériale fleurissent à la place. Comment peut-on engager la réflexion, discuter, ne serait-ce que penser dans une perspective post-coloniale, sans le moindre socle de connaissances partagées ? Alors que tout récit des faits, même le plus simple – préservé dans les archives du pays –, paraît suspect, comme un délire de conspirationniste, à l'esprit des citoyens éduqués ?

Quand j'interviens dans les écoles, je pourrais tenter de dire quelque chose. À ces grandes assemblées d'enfants en mal d'inspiration. Car encore aujourd'hui, la mère patrie ne desserre pas son emprise. La Grande-Bretagne continue de posséder, d'exploiter et de tirer parti des terres saisies durant ses exploits du vingtième siècle. Consumant nos avenirs pour alimenter son économie vorace. Sous la menace de la violence monétaire. À nous faire la leçon, en même temps, sur l'autarcie. À interférer dans nos vies politiques, dans nos démocraties et notre accès à la scène économique mondiale ; à créer des pays dits émergents.

Meilleur cas de figure : ces enfants grandissent, *s'assimilent*, trouvent un travail et déversent de l'argent pour financer un gouvernement qui leur martèle à jamais qu'ils ne sont pas britanniques. Ce n'est pas être chez soi, ça.

Devrais-je le leur dire ?

Non, je ne peux pas y aller martel en tête. Il y a des conventions, dit le fils. Des formes familières, acceptables. Qui permettent de générer la compréhension. C'est comme ça qu'on fait dans les discours, dit-il. (Il écrit parfois des discours politiques.) Il faut édulcorer le propos, enchâsser l'argument politique dans une petite histoire ; pour qu'on puisse s'identifier, rendre le tout personnel. Honnête, dit-il. Façonner ma vérité pour en faire une arche narrative –

D'accord, j'essaie. Je raconte une histoire. Mais il en exige davantage. Il veut savoir qui a fait quoi, spécifiquement, et à qui. Comment c'était ? (Il faut lui donner des sensations physiques, viscérales.) Qui est fautif ? (Un seul individu, avec ses défauts. Pas un système, ni une société, ni la complicité d'une majorité indistincte entretenant le statu quo…) Et que doit-on en tirer ? Comment notre héroïne parviendra-t-elle à dépasser son statut de victime ? Il faut lui en dire plus, fait-il, encourageant. Il dit qu'il est tout ouïe. Il veut savoir.

Que pourrais-je dire de plus – combien de détails faudrait-il ? Combien de détails suffiraient à déverrouiller ses pensées, son entendement, ou simplement quelque chose d'élémentaire, d'humain, d'empathique en lui. Mais il n'a rien de ça. Ou alors, j'échoue à éveiller ces sentiments. Mon seul outil d'expression, c'est le langage d'ici. Ses préjugés, ses présomptions imprègnent d'avance tout discours raisonnable que je pourrais forger en ses termes.

Ces mots, symboles répartis sur la page (elle-même le pur, l'impeccable véhicule nécessaire à l'élucidation objective de la pensée), unités de base de la civilisation – comment pourraient-ils abriter une funeste intention ?

Fig. 5

blanc
d'une clarté neutre, réfléchissant toute,
ou presque toute, la lumière
incidente

noir
sans lumière ; complètement sombre
sans espoir ni soulagement ; lugubre
très sale ou souillé

exsangue ou pâle, comme sous l'effet
de la douleur,
de l'émotion, etc.
bienveillant ou sans intention de nuire

en colère ou plein de ressentiment

incolore ou transparent

ayant trait aux réalités
déplaisantes de l'existence,
en particulier d'une manière
macabre ou pessimiste

coiffé ou couvert de neige
contre-révolutionnaire, très conservateur,
ou royaliste

la cause, le résultat, ou l'illustration
d'un grand malheur

vierge, comme une page sans caractères

mauvais ou nocif

honorable ou généreux

causant ou méritant le déshonneur
ou la censure

moralement impeccable

(du visage) violet,
comme sous l'effet d'une suffocation

(d'une période, saison, etc.) propice ;
favorable

saigner à blanc

plus blanc que blanc

comment puis-je employer pareil langage pour examiner la société qu'il sous-tend ? La société qui l'a conçu ; qui, en l'employant, l'a fait exister, puis mûrir, à mesure que son peuple griffonnait ses Lumières manuscrites dans tous les endroits que j'aurais pu appeler « chez moi » ?

La main blanche imprimée sur le van blanc brandit des chaînes argentées sur fond noir, à côté d'une police de caractères qui évoque un tampon administratif, conférant à l'insulte des cours de récréation une légitimité toute contribuable : RENTREZ CHEZ VOUS – ou rendez-vous directement à la case « prison ».

Fig. 6

@hmtreasury :

Un #FridayFact étonnant aujourd'hui ! Des millions d'entre vous ont contribué à l'abolition de l'esclavage grâce à leurs impôts.

(Le compte Twitter du Trésor de Sa Majesté illustre cette déformation pure et simple d'un fait historique avec une image de personnes esclavagisées – dont une mère, bébé sur le dos, lourdes chaînes autour du cou. La légende vante la générosité britannique, qui aura permis d'*acheter la liberté de tous les esclaves de l'empire*. En compensant le manque à gagner de leurs propriétaires. Le saviez-vous ?)

Est-il vrai que la richesse actuelle de sa famille provient en partie de cette liberté achetée ; de ce prêt, qui a été remboursé par mes impôts à moi ? Oui. Est-il vrai qu'il est un individu, que je suis une individue, et que ni lui ni moi n'y étions ni ne sommes responsables des actions de nos homologues historiques ? Oui. Pourtant, est-ce que lui vit sur le rendement du capital, alors que moi, je trime pour payer les intérêts ? Oui. Mais me voici aujourd'hui, déambulant parmi les fruits de tout cela ; un sol qui lui appartient, une histoire qu'il chérit ; l'ancrage familial, la terre, les briques, les hauts arbres ; le sentiment d'appartenance et celui d'être en sécurité, d'être chez soi. Il a cet endroit – pourra-t-il, toujours, y revenir ? Oui. Et dans son sommeil, ce matin, semblait-il régénéré ? Oui. Oui, bien sûr. Il est chez lui.

Je ne lui avais pas montré l'appartement d'entrée de jeu. J'étais réticente à partager cet aspect de moi qui, bien qu'extérieur, me semblait si personnel.

« C'est celui-là ? Non, pas celui-là ? » plaisantait-il en désignant les plus laids de tous les immeubles sur notre chemin, quelques jours après l'achèvement des travaux. Il arpenta le jardin pendant que je cherchais, sur le trousseau, la clé de l'immeuble. Il gravit l'escalier en bondissant, deux par deux. À l'intérieur, les pièces étaient vides – ne restaient que les rideaux, la moquette et l'odeur aigre, musquée, des anciens occupants. Il passa la main sur la peinture magnolia écaillée, puis s'accroupit pour inspecter la cheminée, condamnée. À l'autre bout de la pièce, il ouvrit les rideaux d'un geste sec pour regarder par les grandes baies vitrées qui tremblaient dans leurs cadres de bois pourrissant.

« Plutôt pas mal, hein ? » fit-il, le visage contre la vitre.

Dans mes paumes jointes, le poids peu familier des clés.

« Voilà, il ne te manque que des œuvres d'art ! »

Mais d'abord, la rénovation. Les éléments d'origine sont restaurés avec soin. On choisit les meubles, la décoration. Puis l'œuvre sélectionnée arrive par coursier dans une boîte chic, avec une enveloppe blanche impeccable abritant un document intitulé : Certificat d'authenticité. Également dans la boîte, un dépliant et ses *informations supplémentaires sur cette lithographie*.

Quand je passe la soirée seule, dans cette demeure pleine de goût que j'ai façonnée, je retire mes habits du jour. Les différentes couches, les tissus, glissent sur la peau jusqu'à ce qu'il ne reste rien. Et pourtant, rien d'autre n'est révélé : pas de moi caché, pas de nudité. Pas d'altérité exotique, exposée.

Rien.

Je m'y plonge.

Tirez dessus, prenez ces brins, rassemblez-les, enroulez-vous dedans ; reconstruisez-vous à partir des bribes. Dites : Je t'aime. J'aime travailler ici. J'ai aimé prendre la parole aujourd'hui. Non, non, ce n'était rien. Je vais bien, vraiment ; je suis impatiente, oui, pour l'avenir – dites tout ce qu'ils vous disent de dire ou de ne pas dire, peu importe quoi, survivez à ça ; et plongez au pas dans l'inévitable. Comme nos mères, comme nos pères, l'ont fait. Nos grands-parents avant eux. Survivez.

Je ne sais pas si j'avais compris que je pouvais m'arrêter, avant ceci. Qu'il y avait une alternative au *survivable*. Mais, dans ma métastase, je trouve du possible. Je dois me pencher sérieusement sur la question : pourquoi vivre ? Pourquoi me soumettre davantage à leur regard si réducteur ? À cette *objectification écrasante*. Pourquoi supporter ma propre déshumanisation ? J'ai l'appartement, des économies, des investissements et fonds de pension, plus une police d'assurance-vie substantielle. J'ai amassé une opportunité, quelque chose que je pourrai transmettre. Dans l'avenir. À ma sœur. Une chance, une vraie, de s'en tirer. Même si elle ne voudrait pas de tout ça. Oui, je la laisse ici, seule.

Mais continuer, maintenant que j'ai le choix, c'est choisir la complicité.

Survivre, c'est participer à leur récit. Que je réussisse, que j'échoue, mon existence ne fait que renforcer cette construction. Je rejette cela. Je rejette ces options. Je rejette cette vie. Oui, je comprends la douleur. La douleur a une vertu transformative – transcendante –, elle défait les constructions. Un retour, par bonheur, à la poussière.

Je suis allée très loin, je m'en rends compte.

Je me retourne pour admirer la vue. Même ici, en hauteur, je le sens contre ma peau, le nationalisme battant de cet endroit. Je suis la membrane tendue à craquer d'un tambour, contre lequel bat leur identité. Je ne peux échapper à ce rythme. Tout attend, lundi – New York, puis retour au bureau. Pour le restant de mes jours ces lundis se profilent, menaçants, pulsent et pressent, arrivent en crescendo sur moi, déboulent, déchirent

— mais tout est calme, à présent. Assise sur l'herbe, je regarde le domaine familial qui s'affaire. Le tableau sous mes yeux se déploie, petit et détaché du moindre son, parfaitement composé. La maison et la verdure offrent un fond splendide à cette scène pleine d'entrain, dans le jardin. Fruits et bouteilles, mûrs, sont sortis, prêts à être débouchés, consommés ; bouches qui s'ouvrent. Quatre silhouettes – de noir vêtues – dressent des pupitres à musique faits de traits minuscules, puis ouvrent des étuis. Le *pop* satisfaisant, après le clic, le craquement final muet – et je hume presque la douce résine lorsque, avec un soin tout maternel, ils sortent les corps instrumentaux de leurs écrins de velours.

Tant de choses susceptibles de ravir un spectateur à l'œil de lynx. Repérez les personnages animés : le traiteur avec son écritoire à pince, dans le coin, lissant une nappe. Un pan du chapiteau qui bat gentiment – petite mèche (imaginée ? suggérée ?) nous faisant signe dans la brise fort bienvenue. La mère, affairée, qui s'interrompt pour réarranger un bouquet. La fille, dorlotant le bébé, qui inspecte un biberon avant de se tourner vers le mari.

Oui, je les dévisage, mais je ne les réduis pas ; de mon point de vue lointain, imprécis, impossible d'éteindre tant de vitalité. Malgré tout, j'ai regardé – j'ai vu, et même si je ne peux exprimer ce que j'y ai vu, ce que j'en ai compris, je sais que ça suffit.

J'en ai vu assez.

J'observe à présent avec la patience bienveillante que permet la décision que j'ai prise, celle de me désentraver de cette existence. Je vois le fils, mon petit ami, passer la grille et couper par les collines. Parfois, des arbres le dissimulent, mais il progresse jusqu'à déborder de la scène, jusqu'à en sortir pour entrer dans la vie. Il avance.

« Te voilà, dit-il quand il arrive à ma hauteur. Tu te planques ? »

Je lève les yeux vers lui. Il brandit une bouteille de champagne ouverte avec un sourire canaille.

« J'ai piqué des provisions ! »

Il s'accroupit, puis s'entend, jusqu'à finir maladroitement allongé à mes côtés. Il pose la bouteille sur l'herbe. Les manches et le col de sa chemise émergent, froissés, de son gilet. Je crois entendre l'écho faible des musiciens qui se mettent en train, se mêlant, doux-amer, aux gazouillis et aux bruissements qui composent le paysage sonore de l'endroit.

« Écoute. À propos du chiot, l'autre jour… » Il s'arrête. Je le regarde se tourner sur le dos.

« Je me disais, dit-il au ciel, à propos de tout ça. Tu sais, ton – notre petit démêlé avec le *cancer.* » Il chuchote le mot, théâtral. Le fait vibrer d'une électricité perverse. « De la frôler de si près – la mort. Ça m'a donné une nouvelle perspective sur les choses. Une piqûre de rappel. De ce qui est important, ce qui compte vraiment.

« La vie, c'est… » Il sourit, des rides familières se déploient au coin de ses yeux.

« Il faut la saisir ! »

Je ne vois plus Londres, d'ici. Rien ne perfore le ciel bleu – tendre. Et ça lui réussit, à lui. La ville a quelque chose, sa construction, ses industries, sa mondialisation fourmillante – qui l'entame. Il se tourne vers moi, yeux grands ouverts, interrogateurs. De la main il me touche le bras.

« Mes parents te trouvent géniale. » Il sourit. On reste là en silence, un instant.

« Merde, quoi, fait-il. Marions-nous. »

Il s'approche de moi, yeux doucement clos, lèvres tendues en une petite moue de baiser.

Il y croit, à ses mots, sur le moment, et ça lui passera. À la prochaine tocade, la prochaine aventure. Je comprends. C'est l'impulsion d'un garçonnet qui lui-même comprend, dans sa chair, ses os, ses veines, sa peau, qu'il est né pour diriger cette grande nation – sur laquelle le soleil ne s'est jamais couché. Pas encore. Il fait clair, à présent. Et le ciel est d'un bleu incroyable. Il est de nouveau lui-même. Chez lui, et d'autant plus chez lui par contraste, par rapport à moi. Mais sans cet endroit, sans ce contraste –

Qu'est-ce que tu espérais trouver ici ?

Je devrais m'avancer pour recevoir son baiser. Puis nous nous relèverons tant bien que mal pour nous épousseter, redescendre vers la maison, main dans la main. Les invités seront bientôt là, c'est bientôt l'heure. Tout se met en place. Le champagne s'est renversé, le liquide pétillant fait une petite mare sur l'herbe, sur la terre sèche. Ses lèvres tremblent, tellement il les tend ; confiant quant au oui attendu, et pourtant, incertain.

Soudain, si incertain.

Remerciements

Merci à mon éditrice, Hermione Thompson, et à mon agente, Emma Paterson, pour leur perspicacité, leur soutien, leurs conseils. Avec Jean Garnett, Monica MacSwan et elles, je n'aurais pu rêver meilleure équipe.

Je suis reconnaissante à Spread The Word de m'avoir sélectionnée pour un prix d'écriture en 2019, le London Writers Award. Merci à Bobby, Eva, Ruth et l'équipe pour cette chance.

Merci également à Jackee et Elise Brown, Amina Begum, Harald Carlens, Maja Waite, Han Smith, Niroshini S., Adam Zmith, Salma Ibrahim, Taranjit Mander, Vanessa Dreme, Chloe Davies, Sarah Day, Francisca Monteiro, Lisa Baker, Laura Otal, Anna Hall, Jacinta Read, Katy Darby, Rose Tomaszewska et Sam Copeland.

Et à ma famille – merci pour tout. Ce livre n'aurait jamais pu voir le jour sans votre soutien.

Notes de l'autrice

p. 7 Chapitre 4 de l'Ecclésiaste.

p. 115 Lyndon B. Johnson, cité par Bill Moyers dans un article du *Washington Post*, le 13 novembre 1988.

p. 131 Voir *Postmodern Blackness* de bell hooks.

p. 135-137 *Collins English Dictionary* (adaptation de la traductrice).

p. 138 Tweet du 9 février 2018, effacé depuis.

p. 139 Voir *Citizen : Ballade américaine* de Claudia Rankine sur la question du sujet historique.

Mise en pages
PCA 44400 Rezé

Cet ouvrage a été achevé d'imprimer par
CPI Firmin-Didot au Mesnil-sur-l'Estrée
pour le compte des éditions Grasset
en janvier 2023.

Grasset s'engage pour l'environnement en réduisant l'empreinte carbone de ses livres. Celle de cet exemplaire est de :
500 g éq. CO_2
Rendez-vous sur www.grasset-durable.fr

PAPIER À BASE DE FIBRES CERTIFIÉES

N° d'édition : 22731 – N° d'impression : 173469
Première édition, dépôt légal : janvier 2023
Nouveau tirage, dépôt légal : janvier 2023
Imprimé en France